光文社文庫

文庫書下ろし／長編時代小説

操《みさお》の護《まも》り

御広敷用人　大奥記録(七)

上田秀人

KOBUNSHA

JN166464

この作品は光文社文庫のために書下ろされました。

目次

御広敷略図

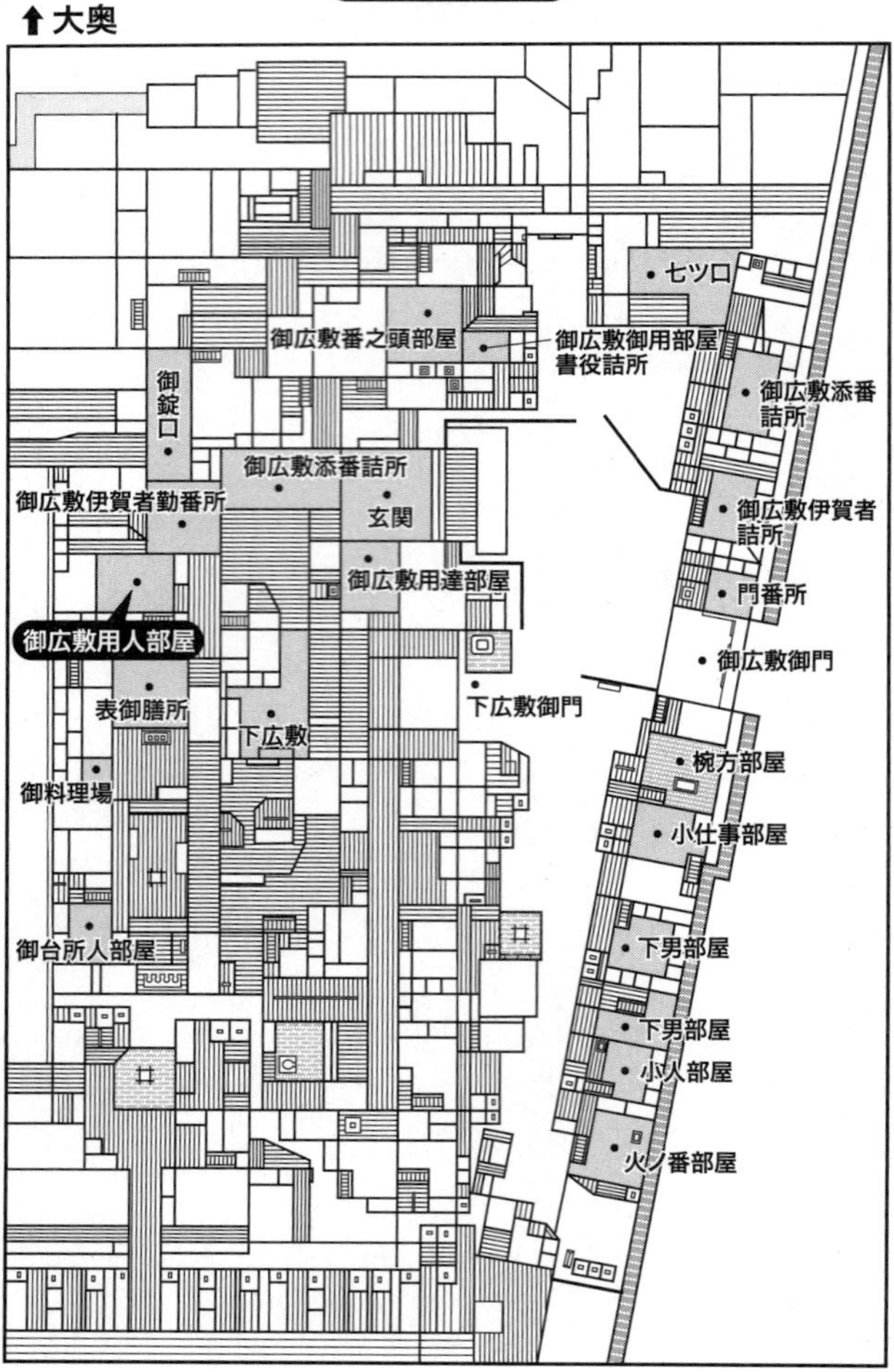
↑大奥
七ツ口
御広敷番之頭部屋
御広敷御用部屋書役詰所
御錠口
御広敷添番詰所
御広敷添番詰所
御広敷伊賀者勤番所
玄関
御広敷伊賀者詰所
御広敷用達部屋
門番所
御広敷用人部屋
御広敷御門
表御膳所
下広敷
下広敷御門
椀方部屋
御料理場
小仕事部屋
御台所人部屋
下男部屋
下男部屋
小人部屋
火ノ番部屋

御広敷役人の職制図

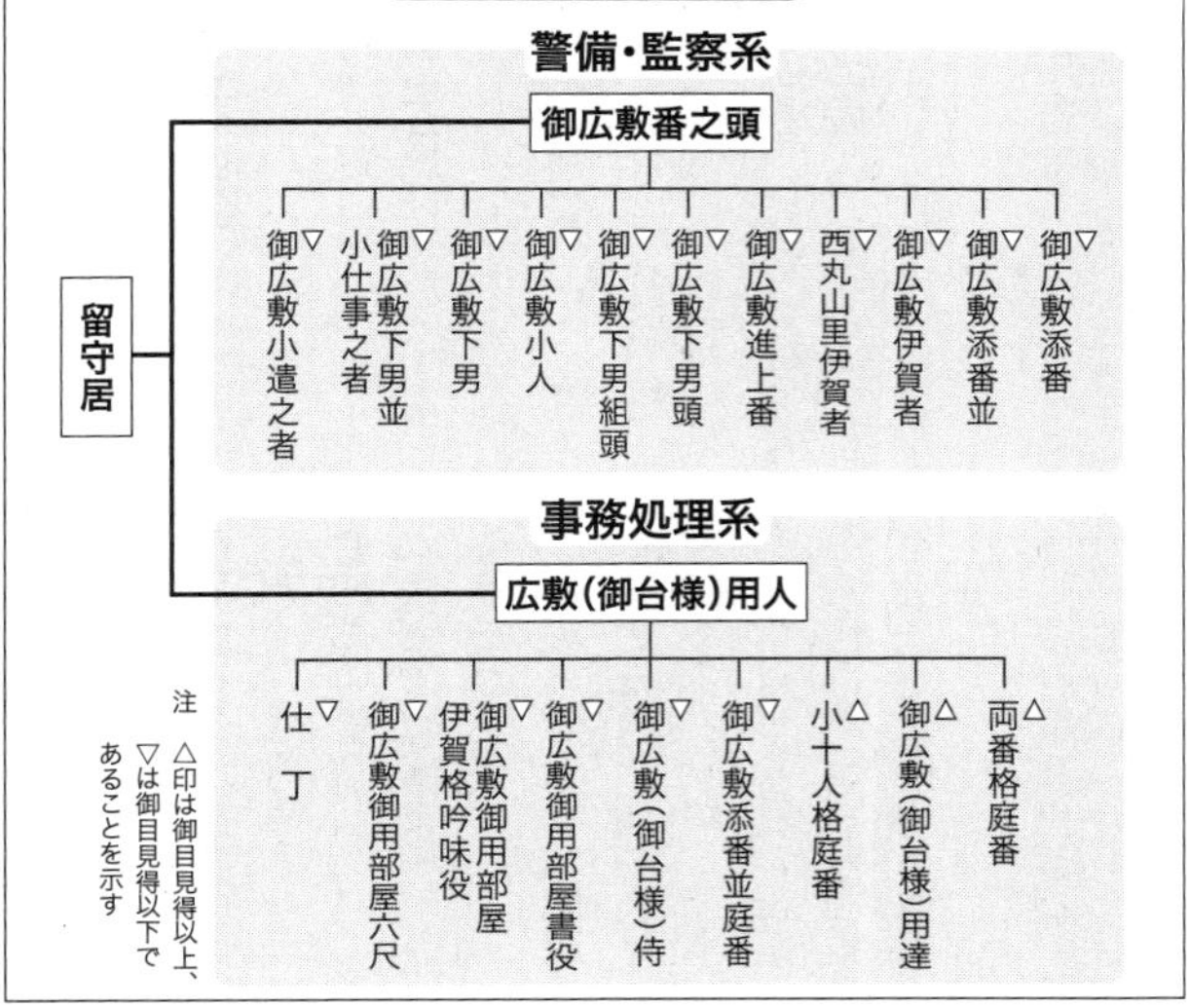

留守居
警備・監察系
御広敷番之頭
御広敷添番▽
御広敷添番並▽
御広敷伊賀者▽
西丸山里伊賀者▽
御広敷進上番▽
御広敷下男頭▽
御広敷下男組頭▽
御広敷小人▽
御広敷下男▽
御広敷下男並
小仕事之者▽
御広敷小遣之者▽
事務処理系
広敷(御台様)用人
両番格庭番△
御広敷(御台様)用達△
小十人格庭番△
御広敷添番並庭番▽
御広敷(御台様)侍▽
御広敷御用部屋書役▽
御広敷御用部屋
伊賀格吟味役▽
御広敷御用部屋六尺▽
仕丁▽
注 △印は御目見得以上、▽は御目見得以下であることを示す

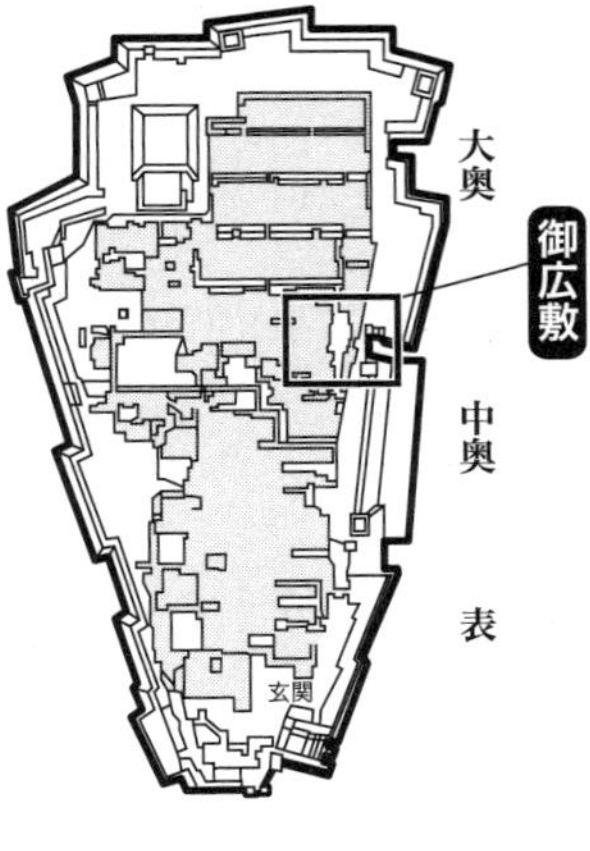

大奥
御広敷
中奥
表
玄関

操の護り　主な登場人物

水城聡四郎《みずきそうしろう》……………　御広敷用人。勘定吟味役を辞した後、寄合席に組み込まれていたが、八代将軍となった吉宗の命を直々に受け、御広敷用人に。

水城紅《みずきあかね》……………　聡四郎の妻。

大宮玄馬《おおみやげんば》……………　水城家の筆頭家士。元は一放流の入江無手斎道場で聡四郎の弟弟子だった。

入江無手斎《いりえむてさい》……………　一放流の達人で、聡四郎の剣術の師匠。

袖《そで》……………　伊賀の郷忍。頭の命を受け、聡四郎の家士である大宮玄馬に襲い掛かる。しかし、水城家で怪我の養生をすることに。

天英院《てんえいいん》……………　第六代将軍家宣の正室。

月光院《げっこういん》……………　第六代将軍家宣の側室で、第七代将軍家継の生母。

竹姫《たけひめ》……………　第五代将軍綱吉の養女として大奥で暮らしてきたが、吉宗の想い人に。

徳川吉宗《とくがわよしむね》……………　徳川幕府第八代将軍。聡四郎が紅を妻に迎えるに際して、紅を吉宗の養女としたことから、聡四郎にとっても義理の父に。

御広敷用人　大奥記録（七）

操《みさお》の護《まも》り

第一章　女忍の誇り

一

竹姫《たけひめ》との茶会という体《てい》を借りた逢瀬《おうせ》をすませた吉宗《よしむね》は上機嫌であった。

「ご機嫌うるわしゅう……」

「ああ」

毎朝繰り返される定型の挨拶を、吉宗はにこやかに受けた。

「ご準備することがございましょうや」

なにをと具体的な話は口にせず、老中戸田山城守忠真《とだやましろのかみただざね》が言った。

「別段ないな」

戸田山城守が言いたいのが、竹姫を御台所《みだいどころ》とする手配りだとわかっていながら、吉宗はあっさりと否定した。

「……さようでございまするか」

一拍おいて戸田山城守が肩を落とした。将軍が御台所を迎えるにあたっての実務担当の老中となる意味は大きい。とくに今回は、吉宗が気に入った竹姫との婚儀である。うまくこなせれば、吉宗の機嫌を取れる。将軍のお気に入りとなれば、執政以上の出世も望める。家格の決まっている大老《たいろう》になることはできなくとも、老中首座や大政参与になれれば、加増もあり得た。

「そういえば……そろそろ大奥から冬支度を求めて参るであろう」

「たしかに、その頃合いでございまする」

話題を振った吉宗に、戸田山城守がうなずいた。

毎年大奥は衣替えのとき、新しい夜具、補充の炭、綿入れなどの購入費用の支給を求めてきた。夜具や綿入れなどは私用なものであり、本来は己の禄《ろく》から出すべきだが、女たちの機嫌を取り結ぶ手段として、例年幾ばくかの負担を幕府はおこなっていた。

「今年は許さぬ」

「……えっ」

吉宗の言葉に戸田山城守が啞然《あぜん》とした。

「金はやらぬと申しておる」

聞こえなかったのかと吉宗が繰り返した。

「慣例となっておりますので、いきなり廃止するのは」

女たちの機嫌は老中たちにとって大問題であった。大奥は将軍に直結してきた。とくに、先代七代将軍家継《いえつぐ》のときは、その傾向が強かった。家継の生母月光院《げっこういん》と傅《ふ》育役間部越前守詮房《まなべえちぜんのかみあきふさ》が、二人して政《まつりごと》を左右してきたのだ。今の執政たちは家継のときから在任している者がほとんどであり、そのときの影響が抜けきっていなかった。大奥女中に嫌われて、執政の座から落とされた老中の悲惨さを忘れられなかった。

戸田山城守が再考を求めた。

「禄を支給している。そのなかから出すのが当然である。これを認めるならば、すべての旗本たちにも支給してやらなければなるまい。女だけ特別に扱うわけにはいくまいが」

吉宗が拒絶した。

「女中どもの禄はさほど多くはございませせぬ。すべてを自弁でさせるには無理がございまする」

大奥と執政衆の仲は吉宗の登壇で、一気に悪化している。多くの女中を放逐《ほうちく》し、費用を大幅に削った吉宗を大奥は毛嫌いしていた。そのうえさらなる削減を許したとなれば、止められなかった老中たちの評判も地に落ちる。吉宗が将軍である間はいいが、万一のことでもあれば話は変わる。次の将軍となる長福丸《ちょうふくまる》は西の丸大奥で女の虜《とりこ》となっているのだ。長福丸が九代将軍となったとき、吉宗を止められなかった老中たちを大奥が更迭《こうてつ》するのは火を見るより明らかであった。

「去年購入したものがあろう」

「それは……」

戸田山城守が詰まった。

中臈《ちゅうろう》以上の大奥女中は、一度使ったものを再使用しない。

「どうした。夜具など数カ月ていどで破れるものではなかろうが。躬《み》が紀州《きしゅう》にいたころは、一度も作り替えたことなどないぞ」

吉宗がわざとらしく首をかしげた。

御三家紀州和歌山二代藩主光貞《みつさだ》の四男だったが、吉宗はその生母の身分が低かったため、長く公子として認められず、家臣の屋敷で生活していた。与えられていたのは、母子が生きていくには十分だが、贅沢できるほどではない扶持米《ふちまい》だけ。とても夜具や衣類を季節ごとに新調するなどできなかった。

「中臈や上臈《じょうろう》方は、己の使用した夜具を、下の者へ下げ渡すのが慣例となっておりまして……」

額に汗を掻きながら、戸田山城守が述べた。

「それは殊勝だな。たしかに端女《はしため》などでは、夜具もまんぞくに買えまい。上の者が下の者を気遣う。よいことである」

吉宗が感心した。

「では、合力金《ごうりききん》は」

戸田山城守が吉宗の顔色を窺《うかが》った。

「今回は認めよう。ただし、毎年下賜《かし》してきていたのだ。すでに大奥中の女中たちに夜具はいきわたっているはず。来年からはいっさい認めぬ」

「……………」

戸田山城守が顔色を変えた。

「竹姫さまにも……」

「例外はない」

おずおずと訊《き》いた戸田山城守へ、吉宗がはっきりと告げた。

「わかったならば、退がれ。ああ、念を押すまでもないと思うが、昨年の合力金より増やすな。同額もならぬ」

「同額もなりませぬか」

「幕府に金のなる木は生《は》えておらぬ。ああ、そなたが金を出すというのならば、別だぞ。昨年の倍でも十倍でもな」

なんとか考え直して欲しいという色を目に浮かべた戸田山城守へ、吉宗は嘲笑《ちょうしょう》を浴びせた。

「……御免を」

将軍の決定である。戸田山城守が従った。

「上様《うえさま》」

御前《ごぜん》を下がっていった戸田山城守の姿が見えなくなるのを待ち、同席していた御《お》側御用取次《そばごようとりつぎ》の加納近江守久通《かのうおうみのかみひさみち》が気遣わしげな声を出した。

「よろしゅうございますので」

「竹のことか」

「はい」

加納近江守が首肯《しゅこう》した。

「竹ならば、懸念は要らぬ」

吉宗が首を左右に振った。

「しかし、天英院《てんえいいん》さまや月光院さまの……」

大奥の吉宗への反発は強い。そこへ火に油を注ぐようなまねをするのだ。大奥の怒りがさらに増すのは確実である。だが、将軍へなにか仕返しをすることはできない。それこそ命がけになる。先代将軍の生母であろうが、先々代将軍の御台所であろうが、現将軍に手出しをすれば、ただではすまない。

となれば、吉宗へ向けられない不満は、その想い人である竹姫へぶつけられることになる。加納近江守の危惧《きぐ》は当然であった。

「竹に何かあれば、躬《み》は大奥を潰《つぶ》す。それくらいは、天英院も月光院もわかっているる」

男として惚れた女を守るのは矜持《きょうじ》である。その矜持を汚《けが》されて、黙っている吉宗ではなかった。

「竹姫さまにお傷がつくようなまねはいたしますまいが、嫌がらせくらいは」

加納近江守が心配した。

「こなしてみせよう、竹は。それくらいできずして、躬の妻など務まらぬと知っておるからな。幼いながら、竹は肚《はら》をくっているぞ」

吉宗がほほえんだ。

「それにな、竹には水城《みずき》を付けてある。なんのための用人《ようにん》か。ただの御用聞きに、五百五十石《こく》もやるほど、躬は酔狂ではない」

「はあ……」

加納近江守が苦笑した。

「酷使される水城が哀れか」

吉宗の笑いが柔らかいものから、酷薄なものへと変化した。

「多少は」

加納近江守の父が吉宗を預かって育てたのだ。加納近江守と吉宗はいわば幼なじみに近い。君臣ながら、二人の間に遠慮はなかった。

「遣えぬ者に、無理はさせぬ。水城ならできよう。想いを向ける相手を失い、愛情を忘れた女たちの癇癪《かんしゃく》くらいこなしてもらわねば困る。躬の幕政改革を担うのだ。政は女よりも数倍難しい。相手の正体が見えぬのだからな、政は。厚化粧で己の身を守ろうとしている女ていどで手こずっているようでは困る」

吉宗が言った。

「そこまでお買いでございますか。水城を」

「うむ。少なくとも今の老中どもよりましだ。水城には覚悟がある。人を殺す覚悟がな。政は、大勢を助けるが、その陰で少数を殺すこともある。その判断がためらいなくできなければ、政はできぬ」

険しく吉宗が表情を引き締めた。

「今の執政どもは、政による人の死を見ていない。いや、気づいていない。城のなかから出ぬからな。庶民の生活を目《ま》の当たりにせずして、生きた政はできぬ。それをあやつらはわかっていない。代々の家柄だから、当然だと思い、権を振り回している」

「…………」

吉宗の不満を加納近江守が黙って聞いた。

「米がいくらするか、去年より高いのか、安いのか、それさえ知らぬような輩《やから》に、政を任せられるか」

青年になるまで和歌山の城下で、庶民と触れあって生活していた吉宗は、実情を知っていた。

「だが、戸田山城らと入れ替えるだけの人材がいない。あやつを辞めさせたところで、同じような連中しかおらぬ。先祖の功績だけしかない連中など、田んぼのかかしよりも役に立たぬ」

吉宗が吐き捨てるように言った。

「二万五千石以上の譜代《ふだい》大名でなければ、老中になれぬ。この決まりさえなければ、今すぐにでも、そなたを老中にしているわ」

「わたくしにそのような大役は務まりませぬ」

加納近江守がとんでもないと言った。

「韜晦《とうかい》しておけ。いずれ引き立ててくれるわ」

逃がさぬと吉宗が述べた。

「そのために、水城の妻を養女に……」

加納近江守がはっとした。

まだ紀州藩主だったとき、吉宗は勘定吟味役《かんじょうぎんみやく》であった水城聡四郎《そうしろう》と出会った。役に立つ者と見てとった吉宗は、聡四郎と相思相愛であった江戸一の人入れ屋相模《さがみ》屋伝兵衛《でんひょうえ》の娘紅《あかね》を養女として迎え、その格をもって輿入《こしい》れさせた。こうして水城聡四郎は、吉宗の義理の息子となった。

「養子とはいえ、将軍の子だ。大名になっても不思議ではあるまい。もっともそれにふさわしい手柄なしで引きあげれば身びいきと非難され、躬の改革は絵に描いた餅になる。誰もが納得するだけの功績をあげさせねばならぬ。その一歩目が御広敷用人じゃ」

「…………」

「よいか、まちがえるなよ。今はできずともよい。躬が手助けをせよと命じたときに役立てばいい。そなたも水城も、それまで修行だ。そのために、躬は御側御用取次を、御広敷用人を作った。毎日が学びぞ」

吉宗が告げた。

御用部屋は、かつて将軍居室の御座《ござ》の間《ま》と続きであった。しかし、五代将軍のおり、大老堀田筑前守正俊《ほったちくぜんのかみまさとし》を御用部屋前で稲葉石見守正休《いなばいわみのかみまさやす》が刺殺するという大事件が起こったことで、執政たちの執務部屋と将軍の居室が離されることとなり、御《お》休息《きゅうそく》の間《ま》が御座の間の代わりになった。

「戸田山城守さま、お戻りでございまする」

御用部屋前で控えているお城坊主が襖《ふすま》を開けて報《しら》せた。

「お帰りか」

「上様のご機嫌はいかがであった」

御用部屋で執務していた老中たちが、口々に戸田山城守へ声をかけた。

「参りましてござる」

自席へ腰を下ろした戸田山城守が大きく嘆息した。

「いかがなさった」

久世大和守重之《くぜやまとのかみしげゆき》が問うた。

「さきほど、上様が……」

戸田山城守が語った。

「大奥の費《つい》えをまた絞られるか」

苦い顔を久世大和守が浮かべた。

「できるだけ抵抗いたしましたが……」

力なく戸田山城守がうなだれた。

「今年だけでも守られたのだ。山城守どのは、よくなされた」

阿部豊後守正喬《あべぶんごのかみまさたか》がなぐさめた。

「いや、これも上様の掌《て》の上でござった」

ますます戸田山城守が顔を伏せた。

「最初に厳しい話を出し、それより少し条件を緩める。こうすることで、交渉でわたくしが勝ち取ったと錯覚させせる。だが、そのじつは、従来よりも締め付けられている」

戸田山城守が小声で言った。さすがに執政として長く御用部屋にいた戸田山城守は、吉宗の手だてを読みとっていた。

「…………」

「ううむう」

吉宗の手腕に、老中たちがうなった。

「上様のご器量がすさまじいと、あらためて知りましたな。ところで、どなたが、大奥へ」

阿部豊後守が実務の話をと一同の顔を見た。

「わたくしは少々手間のかかる案件をかかえておりまする」

久世大和守がさっさと逃げた。

「ここは、上様とお話ししてこられた山城守さまにお願いすべきでございましょう」

土屋相模守政直《つちやさがみのかみまさなお》が述べた。

「いや、もっとも老中の席に長く、筆頭をお務めの土屋さまならば、大奥も強くは申しますまい」

あわてて戸田山城守が言い返した。

「いや、貴殿こそ」

誰もが大奥の機嫌を損ねたくない。命じたのが吉宗であっても、直接伝えた者にも大奥の怒りは向かう。

「まあ、まあ、落ち着かれよ」

間に入ったのは土屋相模守の次に老中を長く務めた井上河内守正岑《いのうえかわちのかみまさみね》であった。

「今年は、従来より少なければよろしいのでござろう」

「去年同様は許さぬとの御諚《ごじょう》でございました」

戸田山城守が首肯した。

「ならば、端数だけ切りましょう。たとえ一両でも減らしたには違いございませぬでな」

井上河内守が述べた。

「なるほど」

少しだけ戸田山城守の顔色がよくなった。

「それに、こちらからわざわざ報せにいくこともございますまい。大奥から合力の願いがあがってきたときに、御広敷用人を通じればすみましょう。大奥の用をこなすのが、御広敷用人の役目でござる」

「おおっ。たしかに」

土屋相模守が膝を叩いた。

「今後は、大奥との話は、すべて御広敷用人に任せましょうぞ。上様がお作りになられたお役目でござる。常々、役に立たぬ者は不要だと仰せの上様でございまする。御広敷用人を活用してもお叱りはございますまい」

「いかにも、いかにも。お怒りどころか、お褒めいただけましょう」

戸田山城守が元気を取り戻した。

「では、ご一同、このことは大奥から申してくるまで放置、合力金の願いが出されたときは、御広敷用人に話をさせるということでよろしいな」

老中筆頭である土屋相模守が締めくくった。

二

水城聡四郎のもとへ大宮玄馬《おおみやげんば》が来た。

「どうした。袖《そで》を放置しておいて大事ないか」

伊賀《いが》の郷忍《さとしのび》である袖の見張りを聡四郎は大宮玄馬に任せていた。これは逃走を怖れたのではなく、聡四郎たちを殺し損ねた袖の自決を防ぐためであった。

「女中に代わってもらっておりまする」

見張りは付けていると、大宮玄馬が応えた。

「袖が殿にお目にかかりたいと」

「ほう」

大宮玄馬の言葉に、聡四郎は目を大きくした。

「ちょうどよかった。吾《われ》も袖に用があったのだ。着替えるゆえ、しばし待つようにと袖にな」

聡四郎は帰宅したばかりであった。

「はい」

うなずいた大宮玄馬が、袖のもとへと戻った。

「ねえ」

着替えの常着《つねぎ》を手にしていた妻の紅が、気遣わしげな顔をした。

「大丈夫だ。油断はせぬ」

紅の肩に聡四郎は手を置いた。

「あなたと玄馬さんの腕は信じているわ。でも……」

「お腹に子ができてから、ずいぶんと心配しがちになったな」

聡四郎は不安な目を向けてくる紅のふくらみ始めたお腹をさすった。

「当たり前じゃない。この子をいきなり父《てて》なしにしたくないわ。もちろん、あたしもまだ後家《ごけ》になる気はないわよ」

紅が頬をふくらませた。

江戸城の出入りも許されている相模屋伝兵衛の一人娘だった紅は、荒くれ者の人足たちに囲まれて育った。そのせいかかなりのお俠《きゃん》である。さすがに吉宗の養女として聡四郎のもとへ嫁いで、旗本の奥様となってからは、おしとやかに振る舞っているが、聡四郎と二人きりのときなどは、素《す》を出した。

「吾もまだ死にたくはないな。この子の顔を見たいし。そなたと二人で老いていきたいと思っておるゆえな」

「……もう」

紅が頬を染めた。

「そろそろよいか。着替えを終わらせたい」

袴《はかま》を取って襦袢《じゅばん》姿になった聡四郎は、紅が手にしている小袖《こそで》を指さした。

「ああ、ごめん」

我に返った紅が、聡四郎の背中から小袖を着せかけた。

水城家は旗本としてちょうど中堅になる。それでも敷地は千坪近くになり、建物も大きい。聡四郎の居室から、紬の寝ている奥まで、廊下をいくつか回らねばならなかった。

「待たせたの」

大宮玄馬が開けてくれた襖から、聡四郎はなかへ入った。

「いや、なにもすることなどないのだ。半日待たされても、文句など言わぬ」

紬が手を振った。

「怪我人は、寝ているのが仕事だろう」

大宮玄馬と戦い、紬は背中に大きな傷を負っていた。

「伊賀の郷ならば、怪我人でも休めぬ」

袖が顔を伏せた。

「怪我人が休めぬだと」

聡四郎は驚いた。

「もちろん、怪我した者に忍の仕事はさせぬ。働くとしても、組紐《くみひも》造りか、畑仕事だがな」

思い出すように、袖が目を閉じた。

「伊賀の郷は貧しい。山間《やまあい》の小さな平地にしがみつくようにして生きている。そこで穫れる米だけでは、郷は喰えぬ。山へ猟に入る者、木の実を集める者、動ける者は誰もが食いもののために働く。動けぬ者に喰わせるだけの余裕はない。動けなくなる。それは死を意味する。だから、多少の怪我など気にしておれぬ」

「…………」

袖の話には真実だけが持つ重みがある。聡四郎はなにも言えなかった。

「哀れんでくれるなよ。この生き方を選んだのは、我らの先祖だ。家康《いえやす》さまが江戸へと誘ってくださったのを断り、藤堂《とうどう》藩が抱えると声をかけてきたのを拒んで、自立を望んだ」

本能寺《ほんのうじ》の変で、孤立した徳川《とくがわ》家康を三河《みかわ》まで送ったのが、伊賀者であった。それを家康は恩に感じ、伊賀者を江戸へ招いた。ほとんどの伊賀者が禄という安定した生活を望んで徳川に仕えたが、独歩を選んだ者もいた。それが伊賀の郷忍の先祖たちであった。

「伊賀の矜持か」

「いいや、忍の誇りだ」

聡四郎の言いかたを袖が変えた。

「忍は、どこにも属さぬ。金を払ってくれた者に従うが、それは仕事の間だけだ。決められた期間が終われば、あっさりとそのもとを去る。どころか、翌日から敵に回ることもする。金以外のしがらみを作らぬ」

「寂しくはないか」

聡四郎が問うた。

「なぜ寂しい。郷に帰れば、家族もいる。輩《ともがら》もな」

「その輩とも戦うのだろう」

「仕事ならば、当然だ。内部事情を探れと言われた者、守れと言われた者、二人が出会えば、戦うしかあるまい。同じ郷の者とわかってもどうしようもあるまいが。

同輩が守っているならばと、探らずに帰れば、伊賀の評判は地に落ちる。逆も同じだ。仲間が探りに来たからと、防がずに通してみろ、二度と伊賀に仕事は回ってこぬ。忍仕事を失えば、郷はすぐに飢える。木の根、皮をかじって飢えはしのげても、伊賀に海はない。塩は買わねばならぬのだ」

袖が嘆息した。

海のない国は伊賀だけではない。かの上杉謙信《うえすぎけんしん》と武田信玄《たけだしんげん》の「敵に塩を送る」ということわざのもととなった甲州《こうしゅう》など有名であった。

当然、輸送費がかかる分、塩は高い。それが海のない国の現状であった。

「一人の失敗が、郷の滅びにつながる」

袖の声が低くなった。

「……吾も失敗した」

「そうだな」

聡四郎は同意した。

「失敗は雪《そそ》がねばならぬ」

「雪げるのか。一度失敗した任を、後日果たしたからといって、依頼主は満足するのか。ずいぶんと甘いな」

決意を口にした袖を、聡四郎は嘲《あざけ》った。

「殿……」

同席していた大宮玄馬が、諫《いさ》めようとした。

「黙っていよ」

聡四郎は、右手を出して、大宮玄馬を制した。

「…………」

大宮玄馬が下がった。

「満足はすまい。だが、失敗したまま引き下がるよりは、ましだ」

袖がうつむいたまま、目だけで聡四郎を睨《にら》んだ。

「なにがましなのだ。依頼主からは褒められず、たぶん報酬も与えられぬだろう。それでいて、任を果たす。これは、ただ己を慰めるだけだ」

冷たく聡四郎は断じた。

「黙れ、伊賀の矜持を馬鹿にするな」

袖が激《げき》した。

「ところで、袖」

「なんだ」

話を変えた聡四郎に、袖が怒りにゆがんだ顔をあげた。

「郷から忍が出てきているそうだな」

「……いつまで経っても我らが帰らぬのだ。任に失敗したとして、郷から後始末の忍が出るのは当然」

一瞬、袖の目が大きくなったが、すぐに戻った。

「玄馬」

「はっ」

呼ばれた大宮玄馬が、聡四郎の側に来た。

「屋敷の周囲を見て参れ」

「承知いたしましてございまする」

聡四郎の命に大宮玄馬がうなずいて、部屋を出ていった。

「…………」

袖が大宮玄馬を目で追った。

「どうした」

「……いいや、なんでもない」

袖が首を左右に振った。

「郷忍は何人くらい出てきている」

「わからぬ。失敗の確認だけならば、一人しか出ぬ。数出せば、それだけ費用が要るからな。伊賀から江戸までとなれば、かなりの金を遣う」

問われた袖が答えた。

「どうやって知った」

今度は袖が質問してきた。

「見た者がいてな。教えてくれた」

「……見た者。郷忍を知る……江戸の伊賀者だな」

袖が険しい声を出した。

「郷を売ったか、伊賀者組頭《くみがしら》」

怒りを袖が口にした。

「伊賀者組頭……藤川《ふじかわ》のことか」

聡四郎は引っかかった。

「そうだ。わかっていたのだろう、我らを支援していたのがあやつだと」

「予想してはいたが、証《あかし》はなかった」

正直に聡四郎は告げた。

「それでも我らの支援として金を受け取っていながら郷を売るなど、忍の風上にもおけぬ」

袖はまだ憤っていた。

「藤川なら、追放されたぞ。御広敷用人である吾を襲ったのだからな」

聡四郎は説明した。

「では、誰だ」

「教えるはずなかろう」

重ねて訊いた袖へ、聡四郎はあきれた。

「…………」

袖が黙った。

「……じつは」

口のなかで呟《つぶや》くような声を袖が出した。

「なんだ……」

よく聞こえないと聡四郎は袖に近づいた。

「死ね」

袖が夜具の下に隠していた右手を突き出し、聡四郎の胸を打った。

「な、なにを……」

「あははっは。やったぞ、この針には毒が塗ってある。あははは……仕留めたぞ」

啞然とする聡四郎に、紬が針を見せびらかしながら笑った。

「おのれ……」

「やったぞ。見たな。吾は郷を裏切ってなどいないわ」

紬が天井へ向けて言った。

「見届けた」

天井裏に気配が生まれ、去っていった。

「……行ったか」

気配を探っていた紬が、肩の力を抜いた。

「いきなりは止めてくれぬか」

聡四郎はため息をついた。

「ふん。おぬしに芝居ができるとは思えぬのでな」

紬が鼻先で笑った。

「叩かれた感触はあっても、針で突かれた痛みがなかった。それで芝居だと気づいたが……しかし、玄馬がいながら忍びこまれたとはな」

「忍の守りがない屋敷に潜りこむのは、赤子《あかご》の手をひねるも同じだ」

情けない顔をした聡四郎へ紬が言った。

「……やあぁ」

「玄馬か」

紬が声の聞こえたほうに耳を傾けた。

「そういえば、なぜ玄馬を外へ」

いつの間にか、紬が玄馬を名前で呼んでいた。

「屋敷に着く寸前、我が師が、風を感じたと言われた。伊賀の郷忍が江戸へ出てきたと聞かされた後にそれだ。郷忍の狙いは、吾だ。この二つを掛け合わせれば……」

「鋭いのか、鈍いのか、よくわからぬな、おぬしは」

紬があきれた。

塀の周囲の異常を探していた大宮玄馬の耳に、母屋《おもや》から狂ったような女の笑いが聞こえた。

「あの声は……まさか、殿」

声から袖だと悟った大宮玄馬が、聡四郎の身を案じて母屋へ走った。

「……なにやつ」

母屋へ近づいた大宮玄馬の目に影が飛び出してくるのが見えた。

「ちっ。見つかったか」

飛び出した郷忍が、大宮玄馬へ手裏剣《しゅりけん》を撃った。

「喰らうか」

何度も忍との戦いを経験している。鉄の固まりである手裏剣が太刀の刃に当たると欠ける。大宮玄馬は手裏剣を払わずに避《よ》けた。

「…………」

ほんの少し身体をずらしただけの大宮玄馬の動きを隙《すき》と見た郷忍が、腰に付けていた忍刀《しのびがたな》を抜いて迫ってきた。

「遅いわ」

師入江無手斎《いりえむてさい》をして、一流を起こせる腕と称賛された大宮玄馬である。どれほど伊賀の郷忍の腕がたとうとも、剣術遣いではないのだ。大宮玄馬は余裕をもって受け止めた。

「こいつっ」

あっさりと受けられた郷忍が焦《あせ》った。

「伊賀者だな。しつこい」

大宮玄馬が受け止めた忍刀を押し返した。

「なんの」

郷忍が力に逆らわず、後ろへ跳んだ。

「きさまの相手をしているわけにはいかぬ。水城を討ったと報告せねばならぬ」

「偽りを申すな」

大宮玄馬は平然としていた。

「そなたていどの腕で、殿に傷一つつけられるものか」

「……ふん。袖が毒針で突いたのだ」

郷忍が一瞬の間を置いたあと、勝ち誇った。

「袖が……」

言われた大宮玄馬が動揺した。

「…………」

隙を見つけた郷忍が背中を向けて逃げ出した。

「あっ。逃がすか」

あわてて大宮玄馬が追い討ったが、わずかに遅れた。それでも郷忍の背中を大宮玄馬の太刀が薄く裂いた。

「つうう」

小さな苦鳴を漏らしながらも、郷忍は塀を乗りこえて逃げた。

「ええい、後だ」

大宮玄馬は後を追わず、母屋へと駆けた。

「殿、ご無事でございまするか」

応答も求めず、大宮玄馬が袖の寝ている座敷の襖を開けた。

「声くらいかけんか」

「そうだ。なかで吾が裸になっていたらどうするつもりだ」

「えっ」

聡四郎と袖に咎《とが》められた大宮玄馬が唖然とした。

「ご無事で」

「見てのとおりだ」

聡四郎は両手を広げて見せた。

「よろしゅうございました」

大宮玄馬が座りこんだ。

「気に入らぬな」

袖が不機嫌になった。

「なにがだ」

大宮玄馬が首をかしげた。

「水城の心配をする。それは、吾を信じていないということだろう」

「…………」

怒りの理由を理解した大宮玄馬が申しわけなさそうに黙りこんだ。

「当然だろう。少し前まで、そなたは刺客《しかく》だったのだぞ」

聡四郎は苦笑した。

「玄馬、どうだった」

「申しわけございませぬ。逃がしましてございまする」

報告を求めた聡四郎に、大宮玄馬が頭を下げた。

「背中に傷を負わせましたが、追い討ちで浅く……」

無念そうに大宮玄馬が告げた。

「いや、かえってよかった」

聡四郎は大宮玄馬を慰めた。

「どういう意味でございましょう」

「…………」

大宮玄馬と袖が聡四郎を見つめた。

「袖が吾を襲ったのを郷忍は見たわけだ。ただし、吾の死を確認していない」

聡四郎は語った。

「殿が死んでいないとしても不都合はない」

「ああ。先ほど医者の手配をさせた。さすがに医者を呼ばないのはおかしいからな」

確認した大宮玄馬に、聡四郎は手配をすませていると言った。

「さて、吾が死んでいなくても……」

「……吾が生きていることはありえない」

袖が気づいた。

「怪我をして満足に動けない女刺客が、任を果たして生きて逃げられるはずはない」

「そうだ。袖、おぬしは、怒り狂った大宮玄馬によって殺された」

言った袖へ、聡四郎はうなずいた。

「たしかに、殿に万一があれば、許しはいたしませぬ」

大宮玄馬も納得した。

「袖は死んだ」

「では、ここにいる吾はなんだ。先ほども言ったように、忍のおらぬ屋敷では、郷忍の侵入を止められぬ。吾が完全であれば、侵入を防げずとも気づくくらいはできるが、まだまともに動けぬ。先ほどの郷忍がかならず来る。おぬしの死を確認しにな。いや、止《とど》めを刺しに。吾がいれば、まだ迎え撃てよう。とはいえ、このまま吾がここにいるわけにはいくまい。先ほどのが芝居だとばれる」

袖が悩んだ。

「郷忍のことは気にするな。師にしばらく泊まりこんでいただく。師ならば、郷忍の気配を摑《つか》まえられよう」

「入江無手斎か。わかった。で、吾は」

その腕を袖も知っている。

「おぬしには、郷忍の手が届かぬところに行ってもらう」

聡四郎は袖を見つめた。

「手の届かぬところ……」

「そのような場所がございますので」

袖と大宮玄馬が首をかしげた。

「ある。大奥だ」

「……馬鹿な。大奥は伊賀組のなかだ。伊賀組が抜け忍となった吾を許すはずはない」

袖が否定した。

「御広敷伊賀者は、吾が支配すると決まった。上様の御諚である。もし、逆らえば、今度こそ伊賀組は潰される。どころか、伊賀の郷も幕府軍の侵攻を受けることになる」

「…………」

聡四郎の話に袖が絶句した。

「伊賀は上様を甘く見すぎている。上様は敵に容赦なさらぬ。もし、大奥に入った袖が、郷忍に殺されるようなことがあれば、上様は伊賀の郷を女子供を含めて根絶やしになさろう。戦国ではない。天下は徳川のものだ。伊賀の郷忍が逃げこめるところはない」

冷たく聡四郎は告げた。

「掟《おきて》と一族の命、秤《はかり》にかけてわからぬほど、伊賀が愚かならば別だが。御広敷伊賀者は折れたぞ。さきほど、郷忍が江戸にいると教えたのは、御広敷伊賀者だ」

「藤川ではなかったのか……」

袖が呟いた。

「御広敷伊賀者は、郷を捨てた。同族とはいえ百年以上も前に分かれたのだ。現在と未来を引き替えに、過去を守るわけにはいかぬ」

「郷は過去か」

「忍がもう遺物なのだ。いや、武士もそうだな。戦いがない世には、武士も忍も不要。今は金が力だ。商人に借財のない大名はおるまい。金を借りた者は、貸してくれた者に頭が上がらぬからな」

寂しそうな袖に、聡四郎も同感した。

「無駄なあがきだったのだな、掟は」

「心を支えるに掟が要ったのだろう。壮絶な修行を重ね、神に等しい技を身につけながら、その日を喰いかねる。壮大な矛盾を耐えるには、掟に縋《すが》るしかなかった」

「…………」

聡四郎の意見に納得したのか、袖がうつむいて静かに涙を流した。

「……任せた」

小声で大宮玄馬に後事を託して、聡四郎はその場を去った。

「袖どの」

聡四郎を見送った大宮玄馬が袖の肩に手を置いた。


大宮玄馬の刃を受けながらも、逃げおおせた郷忍は、館林《たてばやし》藩下屋敷へと逃げこんだ。

「そうか、袖は果たしたか。郷忍としての責務を果たしたのだな」

郷忍の報告を受けた伊賀の郷忍の頭、藤林耕斎《ふじばやしこうさい》が、満足そうにうなずいた。

「しかし、袖は……」

まともに動けない刺客が、どうなるかは言うまでもなかった。

「いささかあの美貌は惜しいが、捕まったままよりはましだろう。伊賀者は虜囚《りょしゅう》となるよりも死を選ぶものだ」

耕斎があっさりと話を終えた。

「あの毒は斑猫《はんみょう》だったな」

「はい。斑猫の煮汁にぶすの根を加えたものでございまする」

斑猫は虫から取れる毒で、ぶすは鳥兜《とりかぶと》の根を煎《せん》じた毒で、ともに心《しん》の臓《ぞう》の動きを止める強力な作用を持つ。

「ならばまず死ぬだろうが、相手は剣術遣いだ。剣術遣いのなかには、やたら強靭《きようじん》な心の臓を持つものがいる。確認をしておけ。万一生きているようならば、仕留めろ」

「…………」

耕斎の指示に郷忍が黙った。

「どうした、八手《やつで》」

不機嫌な声を耕斎が出した。

「恥ずかしながら、背中に傷を負い、その任を果たすのはいささか……」

八手が言いわけをした。

「おまえの傷くらい気づいておるわ。情けない。水城を殺してこいといわれての傷ならばまだしも、袖に毒針を渡し、その成果を見定めてくるだけの仕事で傷を負うなど、それでよくぞ郷忍と言えたな。郷忍としての矜持はどうした。己の不始末は、生きているかぎり、吾が手で雪ぐ。それでこそ伊賀の忍ぞ」

「…………」

「わかったならば、さっさと行け。医者に伊賀の毒がどうこうできるとは思えぬが、回復されてはやっかいだ。今日一夜だけ休んでよい。だが、明日のうちには果たせ」

「……わかりましてござる」

厳しい命に、八手がうなずいた。

三

聡四郎は、翌日病気届けを出し、役目を休んだ。

「……水城が休んだだと」

加納近江守から報された吉宗が、表情を引き締めた。

「あやつが病《やまい》に倒れる……ありえんな」

吉宗が首を左右に振った。

「なにより、仕事を多少のことで休むような性根《しょうね》の男ではない」

「はい」

加納近江守も同意した。

「庭之者《にわのもの》」

天井を見あげた吉宗が呼んだ。

「これに」

天井板が一枚外れ、声だけが落ちてきた。

「源左《げんざ》か」

「はっ」

問われた御庭之者が答えた。

「聞いていたな。調べさせよ」

「はっ」

天井板が閉じられた。

「水城を邪魔にする者は多い。なまじの輩に負ける水城ではないが」

「……………」

難しい顔をした吉宗を加納近江守が気遣わしげに見守った。

「水城への攻撃は、竹を襲う下準備であろうからな。見過ごしにはできぬ」

吉宗が述べた。

「そろそろ反撃に出てもよかろう。水城次第では、こちらから討って出る」

「お心のままに」

宣する吉宗へ、加納近江守が平伏《へいふく》した。


吉宗の命令に応じた御庭之者村垣源左衛門《むらがきげんざえもん》は、御広敷伊賀者詰め所へ寄った。

「いかがなされた。御休息の間番の貴殿がお見えとは」

番所にいた御広敷伊賀者穴太小介《あのうこすけ》が怪訝《けげん》な顔をした。

「人を出せ。上意である。御広敷用人水城さまの安否を確認してこい」

村垣源左衛門が告げた。

「上意、承知いたしました。おい、磯田《いそだ》、おぬし行ってくれるか」

「おう」

休息していた御広敷伊賀者が、応じた。

「磯田だな。任せたぞ」

伊賀者の名前を確認して、村垣源左衛門が去っていった。

「小介……」

忍装束を裏返し、普通の縞柄《しまがら》の小袖を表にしながら磯田が声をかけた。

「なんだ」

「おぬし、御広敷用人の水城さまと話をしたことがあったろう」

「ああ。二度ほどな。昨夜もしたぞ。郷忍が江戸に出てきているゆえ……」

問われて答えていた穴太が、目つきを鋭いものにした。

「そういえば、水城さまは今日、体調が芳しくないとお休みだった……まさか」

「上様が、調べてこいとお命じになられた」

磯田が述べた。

「悪いが、代わってくれ。顔を知られていないおぬしでは、どこの伊賀者かわからず、警戒されるだけだ。幸い、拙者は面識がある」

穴太が磯田に頼んだ。

「上様に名乗っている。報告はどうする」

「それはおぬしがしてくれればいい」

尋ねた磯田に、穴太が言った。

「よいのか、吾の手柄になるぞ」

任を果たせば、相応の褒賞《ほうしよう》が出る。

「かまわぬ。これ以上、御広敷伊賀者が疑われてはまずい。伊賀組を潰すかどうかは、水城さまにかかっているのだ」

穴太が述べた。

「わかった」

着替えを磯田は止めた。


郷忍の頭耕斎から聡四郎を襲うのに成功したと聞かされた、もと御広敷伊賀者組頭の藤川義右衛門《ぎえもん》は、喜んで館林松平《まつだいら》家家老山城帯刀《やまきたてわき》に報告した。

「そうか」

山城帯刀は嫌そうに眉をひそめた。

「……先日の一件でござろうが、いつまでも引きずられては、やりづらい。たしかに郷忍のやり方は、むごいものであったとは思うが、それくらい呑みこんでもらわぬと、忍を遣いこなすことはできぬ」

藤川が忠告した。

「……ちっ」

荒々しく山城帯刀が、舌打ちをした。

先日、伊賀の郷忍を飼ってやるとうそぶいた山城帯刀は、生首を抱かされるという耕斎の手痛いしっぺ返しを受けていた。

「わかっておるわ」

山城帯刀が不機嫌な声で認めた。

「御広敷用人は死んだのだな」

「まだ確認できていないが、まちがいなく伊賀の毒を打ちこんだ。伊賀の毒を受けて生き延びた者がいないわけではないが、無事ではすまぬ。どれほどの名医にかかろうとも、役人としての復帰はかなうまい」

確認した山城帯刀に、藤川が答えた。

「伊賀者がそういうならば」

忍の力を見せつけられた山城帯刀は、あっさりと信じた。

「これで竹姫を守る盾《たて》はなくなった」

「うむ」

藤川も同意した。

「大奥へ忍びこみ、竹姫と月光院を殺せるか」

「当たり前だ。御広敷伊賀者は、吾の配下ぞ。多少人員の入れ替えがあったとはいえ、吾に従う者は多く残っている。大奥の警固《けいご》に穴を開けさせるくらい、なんでもないわ」

山城帯刀の指図に、藤川が胸を張った。

「これで天英院さまのご希望は果たせる。大奥がふたたび天英院さまのものになれば、吉宗への大きな牽制《けんせい》となる。なにより、大奥を守っていた伊賀者が信じられなくなるのだ。吾が身の警固はすべて御庭之者に頼ることになろう。数の少ない御庭之者だ。かならず無理が出る。そのときを狙えば、吉宗の命を奪うのは……」

「たやすい」

最後を言わず、目だけを向けてきた山城帯刀に、藤川が続きを口にした。

「だが、それは先のこと。まずは、大奥で月光院と竹姫を討ち果たすこと。それが依頼だな」

「ああ」

山城帯刀がうなずいた。

「三百両もらおう」

藤川が手を出した。

「高すぎる」

請求された山城帯刀が目を剝《む》いた。

「竹姫と月光院、竹姫が二百両、月光院が百両、合わせて三百両、高いとは思わぬが。大奥へ入りこんで、二人を殺すだけならば、半分でもいいが、なにしろ竹姫は吉宗の想《おも》い女《びと》だ。己の女を殺されて吉宗が黙っているはずなかろう。天下人《てんかびと》を敵に回す行為だぞ。それこそ、千両でも安い」

「うっ……」

理由を言われて、山城帯刀が詰まった。

「いきなり三百両と言われてもだな、そうそう出せるものではないのだ。いかに江戸家老とはいえ、勘定方を抑えつけるわけにもいかぬ」

山城帯刀が酌量《しやくりよう》を求めた。

館林藩の本領は五万四千石である。その収入は年にしておよそ二万七千両、そのうち七割が藩士たちの知行《ちぎよう》や禄であり、実質の手取りは八千両ほどしかない。この金で藩主一族の生活と国元、江戸藩邸の費用を賄《まかな》うのだ。とても余裕などなかった。

「どうだろう、後日殿が将軍となられたおり、そなたを五百石の旗本にするゆえ、金は百両で辛抱してくれ」

山城帯刀が値切った。

「悪いが、取らぬ狸《たぬき》の皮算用《かわざんよう》にのるつもりはない。先の約束は不要。果たされるかどうかもわからぬし、なにより儂《わし》が死んでしまえば、それまでだ。先の身分より、今の金。御広敷伊賀者組頭の座を追われて、儂は悟った」

まからぬと藤川が首を左右に振った。

「だが、ない袖は振れぬ」

金がないので支払えないと山城帯刀が告げた。

「ならば、貯めてから声をかけてくれ」

藤川があっさりと話を打ち切った。

「ま、待て」

山城帯刀があわてた。

「せっかくの好機を逃すわけにはいかぬ……。だが、金はない」

「…………」

苦悶《くもん》する山城帯刀を黙って藤川が見ていた。

「ものではいかぬか」

「……もの」

山城帯刀の提案に、藤川が怪訝な顔をした。

「そうだ。井上真改《いのうえしんかい》の太刀だ。殿が御父君綱重《つなしげ》さまよりいただいた差料《さしりよう》よ」

「ふむ。真改か」

藤川が考えこんだ。

井上真改は、慶安《けいあん》から寛文《かんぶん》にかけて活躍した大坂の刀工である。朝廷から十六葉菊花紋を茎《なかご》に入れることを許された名工として知られていた。

「売れば三百両にはなる」

「……売りさばく手間がいる。また売れるとも限らぬしな」

押しつけてこようとする山城帯刀へ、藤川は冷たい目を向けた。

「これが精一杯だぞ。禄代わりの金もやっているのだ。少しは考えろ」

山城帯刀が強く主張した。御広敷を追放された藤川は、山城帯刀と交渉し、月十両の扶助を受ける約束をしていた。

「わかった。では、真改の刀と百両。刀は、売れば刀剣商の手数料を引かれるからな」

「まだ言うか……ええい。真改と五十両。これ以上は出せぬ」

要求を重ねる藤川に、山城帯刀も粘った。

「……わかった。それでいい」

ようやく藤川が納得した。

「刀は後でもらうが、金は先渡しだ」

「しばし待て」

山城帯刀が、部屋を出ていった。

「……水城が死んだか」

一人になった藤川が、楽しそうに呟いた。

「儂を御広敷から追い出すようなまねをした報いだ。ふふふ、命を救ったはずの女忍に殺されたとあれば、甘い水城にしては本望《ほんもう》だろう」

藤川が独りごちた。

「だが、それだけですますつもりはない。伊賀の恨みは深い。儂に味わわせた屈辱は、水城一人の命ていどでは割合わぬ。水城の家を根絶やしにしてこそ、初めて吾が肚《はら》は癒《い》える」

暗い笑みを藤川が浮かべた。

「水城の妻は孕《はら》んでいたな。その子を……」

「……待たせたな……ひい」

金を手に戻ってきた山城帯刀が、藤川の顔を目にして脅えた。

「いただこう」

立ちすくんだ山城帯刀の手から切り餅二つ、五十両を藤川は取った。

「では、太刀の用意ができたときにな」

言い残して藤川が、消えた。

「……人外《じんがい》め」

藤川がいなくなったのを確認した山城帯刀が、吐き捨てた。


忍が戦国を生き残ったのは、用意周到だったからである。忍びこむ相手の情報を最大に集め、しっかりと退路を造っていたからこそ、織田信長《おだのぶなが》を敵にしても伊賀は潰れなかった。この基本を藤川はおろそかにしなかった。

藤川は翌日の昼間を聡四郎の消息を探るために使った。

「医者が来たようだな」

日中に塀をこえて忍びこむのは愚策であった。

どれだけ素早く動いたところで、塀をこえるという動作は違和感を呼ぶ。目の隅でなにかが走れば、誰もが反射的にそちらを見る。昼間出歩いている多くの人の一人でも、気になって声をあげれば、それだけで潜入は失敗になる。

「御広敷伊賀者は、すでに吾が配下になく、郷忍はもとより言うことを聞いてはくれぬ。たった一人の忍び働き、後がない」

藤川は、慎重であった。

「葬式は出ていない。通夜の気配もない。もっとも跡継ぎなしは断絶《だんぜつ》だ。少なくとも養子を迎えるまでは、水城の死は秘されるゆえ、当然なのだが」

独り藤川が思案した。

近隣への聞き合わせもまずかった。旗本の屋敷は役目、石高、家格など、似通った者をまとめて建てられている。身分や収入にあまり差がないだけに、交流も深い。妙な聞きこみは、近隣の警戒を招き、相手方への報告を誘発する。

「後がないのが、これほど制限されるとはな」

藤川がぼやいた。

「……あれは、水城の師ではないか」

素早く藤川が、物陰へ身を潜めた。

「では、一度戻る。道場の後始末をすませてくるでな。くれぐれもおとなしくしておるようにと念を押しておかれるようにの、奥方」

入江無手斎が、潜《くぐ》り戸《ど》から振り返って声をかけていた。

「表門を開けないだと。剣術の師は、当主よりも格上になる。屋敷への出入りは、表門を使わせるのが礼儀のはず」

藤川が注視した。

武家の表門は、城門と同じであった。当主が不在、あるいは病中などの場合は、上使あるいは主君自ら来たとき以外は、親戚の長老など身内に準ずる相手でも表門を開けない慣例であった。

「……どうやら水城は、屋敷に閉じこもっているようだ」

一刻《いっとき》（約二時間）ほど、あたりを探った藤川が決断した。

「役目に出られぬほどの状態にあることはまちがいなさそうだ。家士《かし》の姿がないのは気にかかるが、おそらく水城に張り付いているのだろう。ということは死んでいない。だが、無事ではない。ううむう」

少し離れたところから、入江無手斎が帰っていくのを藤川は見送った。

「万一ということもある。もう少し様子を見るべきだな。御広敷に残してきた連中は、儂の切り札だ。切りどきをまちがえるわけにはいかぬ」

藤川が思案した。

「いずれ郷忍から確かめ役が出るはず。その報告を聞いてからでよかろう。儂が危ない橋を渡らずともよい」
呟いた藤川が退いた。

四

深川《ふかがわ》あたりの御家人《ごけにん》屋敷ならば、夜遊びをする連中で暗くなってからも人の行き交いはある。しかし、役付になれる旗本たちの屋敷が集まるあたりは、夜ともなれば人通りは途切れた。

「…………」

忍装束に身を包んだ八手《やつで》が、ふたたび聡四郎の屋敷に近づいた。

「……静まっているな」

塀に耳を当てて、なかの音を探った八手が、あっさりと塀をこえた。歩いている人からなかが見えないように、高めに造られている旗本屋敷の塀を、気合いを出すこともなく跳ぶ。それを怪我していながらやってのける。八手の体術が並はずれている証明であった。

「…………」

音を殺して屋敷の床下へ八手が潜りこんだ。

「人の気配が集まっているのは……あそこか。三人いる。水城、妻、家人だな」

八手が動き出した。

旗本の屋敷は、すべて普請《ふしん》奉行の手による。与えられてから多少の改築はされていても、基本構造にさほどの差はない。八手はすんなりと気配のする床下へ到着した。

「……………」

床下は室内との間に畳と床板を挟んでいる。普通の声で話をしているぶんには、十分聞こえるが、小声や息づかいなどは、いかに忍といえどもそのままでは辛《つら》い。

八手は懐《ふところ》から、節《ふし》を抜いた一尺（約三十センチメートル）ほどの竹筒を取り出し、その一方を床板に押しつけ、もう片方を耳につけた。こうすることで、室内の衣擦《きぬず》れまで聞き取ることができた。

「静かだな」

人が息をする音まで聞こえるが、話し声はまったくない。

「よほど水城の状態は悪いようだ」

八手が鼻を鳴らして臭いを嗅《か》いだ。

「薬品の臭いだけだな。死臭はない。ということは、生きてはいるようだ」

もう一度八手が竹筒を耳に当てた。

「……やはり、郷忍だったか」

不意に声がした。

「なっ……」

室内を探るのに夢中になっていた八手は、近づかれたのに気づかなかった。

「誰だ」

八手が竹筒を声のしたほうへ投げつけた。

「ふっ」

別の方向から嘲笑がした。

「忍が、己の位置を明かすわけなかろうが」

「江戸伊賀者だな」

床下に這《は》いつくばりながら、八手が見抜いた。

「これだけ近づくまで気づかぬとは、郷も鈍ったようだな」

穴太が鼻先で笑った。

「……しゃっ」

声に向かって八手が手裏剣を撃った。

「当たらぬよ」

違うところから応えがした。

「そこか」

八手が、もう一度手裏剣を投げた。

「……ちっ」

あわてて避ける気配がした。

「空蟬《うつせみ》の術か。少し甘いぞ、江戸伊賀」

今度は八手が嘲弄《ちようろう》した。

「術は見抜かれれば、かえって弱点になる。そう郷で教わったはずだぞ」

言いながら八手が、手足を使って這った。

「江戸伊賀が守りについているということは、水城は動けぬようだな」

「…………」

八手の問いに、答えはなかった。

「黙っているのがその証拠。ならば」

這いながら八手が器用に忍刀を抜いた。

「止《とど》めを刺すまでよ」

八手が床板同士の隙間へと忍刀を突き刺した。

病人は部屋の中央に寝かされることが多い。これは外の冷気から少しでも離すためであった。

「死ね……これは」

力一杯忍刀を突いた八手が、手応えに衝撃を受けた。

「忍に狙われているのだ。なんの対策も取らぬわけがなかろう」

穴太があきれた。

「畳の下に鉄板を敷いたな」

八手が引き戻した忍刀の切っ先が欠けていた。

「くそっ」

罵《ののし》った八手が、忍刀を穴太へと投げつけた。

「おっと」

穴太が避けた。

「…………」

かわすという行動は、身体の中心を動かす。体勢が一瞬とはいえ、崩れる。その隙を八手は見逃さなかった。八手が逃げ出した。

「逃がすか」

すぐに穴太が追った。

「しゃっ」

膝を折り、上体を地と水平にするという独特の姿勢で、八手が床下を駆けた。

「はっ」

追撃と穴太が手裏剣を撃った。

「……喰らうか」

八手が身体を右にずらして、手裏剣に空《くう》を撃たせた。

「お返しよ」

後ろも見ずに、八手が手裏剣を放った。

「……なんの」

穴太が左に跳んで避けた。が、そのぶん、八手との距離が空いた。

「また来る」

そう言い残して八手が屋敷の塀を乗りこえた。

「無念」

ほんの一呼吸遅れた穴太は、塀の手前であきらめるしかなかった。塀の向こう側は見えない。うかつに塀をこえては、待ち伏せを喰らうかも知れない。

「…………」

しばらく穴太は気配を消して、警戒を続けた。忍の表裏は一体である。逃げたと思わせて帰ってくるなど、初歩の策なのだ。

「どうやら逃げたようだな」

小半刻《こはんとき》（約三十分）ほど経って、ようやく穴太が息を吐いた。

「いかがか」

そこへ大宮玄馬が近づいてきた。

「申しわけなき仕儀《しぎ》ながら……」

穴太が頭《こうべ》を垂れた。

「いや、お気になさらずともよろしゅうございましょう。仕留められれば上々だというところでございましたゆえ」

大宮玄馬が慰めた。

「なにより、傷を負った主君の側から離れるわけには参りませぬので、ご助力できず、こちらこそ、申しわけなく存じておりまする」

たった一人の警固が、侵入者の追撃に出る。主《あるじ》が自衛できない状況では、ありえないことであった。大宮玄馬が、郷忍の相手に出ては、聡四郎の状態に疑義が出かねない。

「どうぞ、なかへ」

穴太が大宮玄馬を促した。

「貴殿は」

大宮玄馬がていねいな口調で問うた。

伊賀者の身分は低い。幕臣《ばくしん》最下級といってもまちがいではなかった。しかし、それでも水城家の家士であり、陪臣《ばいしん》の大宮玄馬よりも格上になった。

「床下から襲えぬとわかったのでござる。となれば、上から参りましょう」

穴太が屋根を見あげた。

「まさに」

大宮玄馬が納得した。

「しかし、大事ござらぬので」

疲れを大宮玄馬が気遣った。

「三日までならば、まったく変わりませぬ。それ以上となれば、やはり隙が生まれ

ます る。もっとも明日には交代が参りますゆえ、ご懸念なく」

穴太が小さく左右に首を振った。

「では、お願いいたしまする」

一礼して大宮玄馬は、屋敷のなかへ戻っていった。

「藤川と組んだかと怖れたが、どうやら郷忍に後詰《ごづ》めはないようだ」

残った穴太が、八手の逃げ去った方角を見た。

「甲賀は組働き、伊賀は独り働きといわれたが、実際は違う。伊賀も組働きだったのだ。独りになった忍など怖れるに足らぬ。助けてくれる味方もなく、使用した手裏剣の補充もきかぬ。後詰めのない江戸だ。郷忍が動けるときは少ない。もう少しの辛抱だ」

穴太が嘆息した。


聡四郎の屋敷を脱けだした八手は、三丁《ちょう》(約三百三十メートル)ほど離れて、ようやく足を緩めた。

「追ってはこれまい」

八手は、守りの伊賀者が穴太一人だと見抜いていた。二人以上いたら、床下で八手は挟み討ちにされていた。

「死んではいないとわかったが、どのていどなのかわからぬ。なにより、袖の安否が知れぬ。死んでいればいいが、生きていたら面倒になる」

小さく八手が首を振った。

「安心せい。すべての面倒は、今終わるぞ」

「……誰だ」

気を抜いていた八手が、あわてた。

「入江無手斎という。おまえが殺そうとした旗本の師よ」

武家屋敷の間、辻《つじ》の陰から、入江無手斎が姿を現した。

「馬鹿な、気配を感じなかったなど……」

「剣術遣いは、山で修行することもある。気配を殺せねば、狼や熊に襲われるだろうが。腕の差がわかっただろう。おとなしくいたせ」

呆然《ぼうぜん》とする八手に入江無手斎が述べた。

「…………」

無言で八手が手裏剣を投げつけた。

「……怪我をしているとは思えぬ動きだの」

感心しながら入江無手斎がすべてをかわした。

「くっ」

棒手裏剣は鉄の固まりである。当たれば破壊力は大きく、一撃で相手を倒すが、その分重く、身軽さを身上とする忍は、それほどの数を持ち歩いていなかった。

「手裏剣が尽きたようだな。刀もないようだし、あきらめて降伏したらどうだ」

八手の腰に鞘《さや》だけしかないのを見た入江無手斎が勧告した。

「……………」

抵抗の術《すべ》がなくなった八手が、屋敷の塀へ跳び上がろうと足をたわめた。

「舐《な》めるなよ」

入江無手斎が走った。

「はっ」

たわめた足で八手が跳ねた。

「二度も逃げられるとでも思ったか」

入江無手斎が大きく身体を回すようにして、左手の太刀を振るった。

片手の薙《な》ぎは伸びる。そのうえ、身体を回すようにして左肩を八手へ向けて入れたのだ。入江無手斎の一撃は、八手の左足を太股《ふともも》から断った。

「ぐっ……」

苦鳴を押し殺したのは見事だったが、空中で片足を奪われた衝撃は大きかった。八手は目標とした塀の上に届くことなく、地に落ちた。

「おぬしたちはどこに巣を置いている」

倒れた八手に入江無手斎は問うた。

「………」

八手が黙った。

「言わぬか。まあいい。あとは御広敷伊賀者に任す。忍には忍の遣《や》りかたがあろう」

入江無手斎が刀の下緒《さげお》を解いて、八手を縛ろうと近づいた。

「がはっ」

八手の口から血と肉片が飛んだ。

「舌を噛《か》んだか。忍の命はずいぶんと安いな。生きるために技を磨く我ら剣術遣いとは、違いすぎる」

入江無手斎が嘆息した。

八手の死は、すぐに耕斎の知るところとなった。戻って来なかったからである。

「当主が屋敷で襲われたのだ。警固が厳しくなって当然か」

耕斎は顔をゆがめた。

「仇《かたき》を討ってやりたいが、こちらの手が足りぬ。水城の屋敷の警戒もいつまで続くものではない。伊賀者を殺した報いはかならず取らせる。一人、郷へ向かえ。五人……いや三人でいい。連れてこい」

旅にも江戸での滞在にも金はかかる。貧しい伊賀の郷に、十分な戦力を江戸へ送る負担に耐えるだけの力はなかった。が、放置は伊賀の存続にかかわる。

「忍ぶことこそ、伊賀者の本領。いつかかならず、思い知らせてやる」

八手を失った恨みを、耕斎が呑んだ。

第二章　五菜の嘆き

一

大奥は揺れていた。

新たな主、当代将軍の御台所が登場するかも知れないのだ。

天英院が開催した野点《のだて》の会に、吉宗が前触れもなく登場し、竹姫の席を訪れた。

六代将軍家宣《いえのぶ》の正室天英院、七代将軍家継の生母月光院のどちらへも寄らなかっただけでなく、台所で作らせた菓子を竹姫に下賜《かし》したのだ。これがなにを意味するかわからないようでは、大奥という伏魔殿《ふくまでん》で生きていくことはできない。

「竹姫さまが次の御台所さまに」

「上様のお気持ちをお大事にせねば」

なんらかの原因で月光院や天英院から遠ざけられていた大奥女中たちは、沸き立った。干《ほ》されている現状から脱却できるかも知れないとの期待を持った。だが、表だって動くことははばかられた。まだ、竹姫を御台所にするという公式な発表はなされていないのだ。

「なんということを」

「天英院さまをさしおいて、点前《てまえ》を所望《しょもう》なさるなど。大奥の格式を上様はなんだとお考えか」

「上様は先代家継さまのご養子であられる。なれば、家継さまのご生母である月光院さまを御祖母として敬われるのが当然。菓子を下されるお相手をまちがえてはおられませぬか」

天英院、月光院の女中たちは、吉宗の態度に憤慨していた。

「紀州ごとき田舎者に、あざけられるなど……ええい。妾《わらわ》の生涯でこれほどの恥を掻かされたことはない」

とくに天英院の怒りはすさまじかった。知らなかったとはいえ、天英院は吉宗の眼前で、竹姫の出した菓子をさんざんにこき下ろしてしまった。それを吉宗は見逃さず、菓子の良さを見抜く能力さえない愚か者と嘲弄した。五摂家《せっけ》の一つ近衛《このえ》家の出であることを誇りとしてきた天英院にとって、これ以上の屈辱はなかった。

「ああ、やはり関東への降嫁《こうか》など受けるべきではなかった」

天英院の恨みは、そこまで遡《さかのぼ》った。

「断っていれば、今ごろ帝《みかど》の中宮《ちゅうぐう》として、雅《みやび》なかにおれたものを」

大仰《おおぎょう》に天英院がうつぶした。

天英院は関白《かんぱく》近衛基凞《もとひろ》と後水尾《ごみずのお》天皇の娘常子《つねこ》内親王の間に生まれた。五摂家と天皇家の姫の間に生まれた天英院こと近衛熙子《ひろこ》は、まさに朝廷の血が形を成したにひとしい。生まれた直後から、末は中宮《ちゅうぐう》と期待されていた。だが、そんな貴重な血統を最初に望んだのは御三家の水戸《みと》であった。

「先祖の決めごとである。武家の殺伐《さつばつ》な血を、近衛の系譜に入れず」

近衛基凞は、娘を水戸家三代徳川綱條《つなえだ》の御簾中《ごれんじゅう》にとの申し出を蹴《け》った。

「やむをえませぬ」

あっさりと水戸徳川が引いた。

「分《ぶん》をわきまえよ。人臣位を極める近衛の姫を武家の、それも権中納言《ごんのちゅうなごん》ていどの家柄が欲するなど……」

近衛基凞が勝利に酔っていた間に、幕府はしっかりと動いていた。天皇家の娘内《ない》親王《しんのう》を求めて断られたならまだしも、三千石に満たない公家《くげ》に舐められたままで終わらせるわけにはいかなかった。

誰が、天下の主かを思い知らせる。たとえ五摂家といえども、公家の増長は許さぬ。これが幕府の姿勢であった。

「帝からのお求めを待つだけじゃ」

さっさと熙子を適当な相手、五摂家の嫡子あたりと婚姻させておけばすんだ。それを勝ち誇った近衛基凞は怠った。

「将軍の甥君《おいぎみ》である」

その報いが、甲府《こうふ》藩主徳川綱豊《つなとよ》との婚姻であった。

「…………」

幕府の名目に、近衛基凞は反論できなかった。ここで水戸徳川に使った武家と婚姻はなさぬという理由は使えなかった。使えば、将軍家との縁を拒んだことになる。

「将軍家との繋《つな》がりを不要というならば、禄を返していただこう」

拒否したときに幕府が突きつけてくる言葉を、近衛基凞はしっかりと理解していた。

かつて近衛家が領していた荘園は、鎌倉のころそのほとんどを武士に押領《おうりょう》された。今や皇室も公家も幕府が用意した朝廷領で生きているのだ。甲府綱豊との婚姻を否定するならば、禄を失う覚悟が要った。

「……お受けいたしまする」

近衛基凞は折れた。

禄を失った公家に残された生活の術《すべ》は一つしかない。そう、血筋を、高貴な系統を売るしかない。そして娘がその商品となる。どこの馬の骨かわからぬ相手のもとへ、娘を嫁に出す。くれてやると言えば聞こえはいいが、要は娘を売り、その代金で生きていく。実際、喰いかねている貧乏な公家のなかには、娘を商家の妾《めかけ》とし、その合力で生活している者もいる。

親として、いや、公家の代表たる近衛の当主としてこれほどの屈辱はなかった。

「せめてもの意趣《いしゅ》返しだ」

熙子を近衛基凞は、家宰《かさい》である平松《ひらまつ》権中納言の養女にしてから、輿入れさせた。娘の格を下げた。もちろん、それが幕府に知れては、大事になる。近衛基凞の肚のなかだけの秘事であった。もっとも、そのていどのことを幕府が見抜かぬはずもない。ただ、表沙汰にしなかったのは、将軍家御台所の価値を下げることになるからだ。

である。


「家宣さまは、好ましいお方であったが……」

嫌々嫁いだ近衛熙子だったが、夫となった綱豊との仲はよかった。幕府も四代を重ね、武張《ぶば》ったものより、雅やかなものがもてはやされるようになっていたからで
期待していなかった熙子は、茶の湯、詩歌《しか》に造詣《ぞうけい》の深い綱豊の優しい態度にほだされた。二人の間には一男一女ができるほど、良好な夫婦であった。

「家宣さまが上様になられたときはうれしかった」

四代将軍家綱《いえつな》に子がなく、五代将軍をその弟綱吉《つなよし》が継いだ。だが、その綱吉にも跡継ぎはできなかった。できたが夭折《ようせつ》したのだ。おかげで甥の綱豊に六代将軍の座が転がりこんだ。家宣と名前をあらためた綱豊は六代将軍として、乱れた幕政を糺《ただ》し、名君と讃《たた》えられたが、就任わずか三年で急死した。

「我が子さえ生きていれば……あのような女狐《めぎつね》の産んだ子供ごときに、七代を持っていかれずともすんだものを」

夫の死を受けて落髪《らくはつ》し天英院となった熙子の後悔は一つであった。天英院が家宣との間にもうけた男子は、生まれた直後に死亡した。死産ではなく、生まれてからの死去である。

「医師さえしっかりしておれば……」

天英院が涙声を出した。

無事に産んだ子をその日に失う。女にとってこれほど無惨な話はない。天英院が月光院を嫌うのは、己が慈しんだ男の跡継ぎを産めなかったことへのねたみであった。

「それよりも竹などにうつつをぬかすとは。吉宗もよい歳をして」

天英院があきれた。

今年で吉宗は三十三歳、対して竹姫はやっと十三歳になったばかりである。じつに二十歳の歳の差であった。側室ならば、二十歳くらいの差は珍しくなかった。女は三十歳になれば、高齢での出産に伴う危険を避けるため、閨《ねや》御用からはずれるのが慣例であり、どれほどの寵愛《ちようあい》を受けた側室でもお褥《しとね》遠慮しなければならなかった。とはいえ、跡継ぎなきは断絶が徳川の祖法である。子供を作らなければならないのだ。それも若くて生きのいい女であるほどいい。五十歳の藩主の妾に十六歳の娘がなるなど、どこにでもある話であった。

だが、これは側室の話である。正室は、家柄と歳回りを考えて迎えるのが筋であり、戦国に多かった人質代わりの婚姻ならばいざしらず、泰平の世で二十歳の差は異例といってよかった。

「あんな小娘に、男を迷わす力があるはずもない」

「さようでございまする。女は歳を重ねて初めて色香というものを身に纏《まと》います
る」

天英院に迎合したのは、上臈の姉小路《あねこうじ》であった。

大奥女中最高の地位にある上臈の姉小路は、天英院が京から嫁ぐときに供《とも》してきた女中である。天英院が御台所として大奥へ入ったときも随伴、上臈として仕えた腹心であった。

「竹姫の実家は、清閑寺《せいかんじ》であったな」

「はい当主清閑寺熙定《ひろさだ》は、権大納言《ごんのだいなごん》を務めておりまする」

姉小路が答えた。

「清閑寺は、一条《いちじょう》の一門であったの」

「…………」

ふたたび問うた天英院に、姉小路は無言で首肯《しゅこう》した。

「一条の策だの」

「ありえまする」

姉小路が同意した。

娘熙子が将軍の御台所となったお陰で、近衛は大いなる恩恵を被《こうむ》っていた。

近衛基凞は水戸家の願いを一蹴《いっしゅう》したことからもわかるように、かなり偏狭《へんきょう》であった。その偏狭さが、ときの帝霊元《れいげん》天皇に嫌われ、関白への就任を拒まれた。代わって関白となったのが、一条冬経《ふゆつね》のちの兼輝《かねてる》であった。

左大臣が右大臣に席順を抜かれる。慣例と伝統をなによりとする公家にとって、これはたまらない恥であった。

それを雪《すす》いだのが、あれほど嫌った幕府との婚姻であった。

御台所の父が、公家第一の身分ではない。これは幕府の名誉にかかわる。

関白は一人きりである。近衛基凞が関白になるには、一条兼輝を落とさなければならない。幕府は朝廷に圧力をかけ、一条を関白から左遷、近衛基凞を就任させた。

「天英院さま」

「なんじゃ」

言いにくそうな姉小路に、天英院が発言を許した。

「一条兼輝さまのご正室でございますが……」

「どうした」

天英院が首をかしげた。

「上様の姉君でございまする」

「なんだと……」

天英院が絶句した。

「すでにお亡くなりでございますが、一条さまの最初のご正室は紀州徳川二代藩主光貞どのが娘。上様の姉にあたられるお方」

「それで知れたわ」

姉小路の報告に、天英院が手を打った。

「吉宗と竹姫のかかわりがどうしてもわからなかったが……」

「思い出すのが遅れまして、申しわけもございませぬ。なにぶんにも、一条さまは正室を三度お迎えで……」

姉小路が詫《わ》びた。

「あの吉宗が、竹姫ごときに一目で心奪われるなどあり得るはずはないと思っていたが、後ろに一条がおったか。吉宗め、将軍就任の後ろ盾として一条を使い、一条は吾が実家近衛を抑えるために……」

言いわけをする姉小路を無視して、天英院が憎々しげに頬をゆがめた。

「一条め。妾が甲府へ降りたとき、さんざん笑っておきながら、今になって将軍との繋がりを求めるなど、情けないことじゃ」

「仰せのとおりでございまする」

姉小路が迎合した。

「裏がわかれば、やりようはいくらでもある。吉宗が竹姫自体に執着していないとわかったのだ。まだ、手遅れではない」

「いかがいたしましょう」

やる気を見せた天英院に、姉小路が尋ねた。

「竹姫を貶《おとし》める。吉宗が一条との縁を切りやすいようにな」

「貶める……」

「そうだ。竹姫を御台所にふさわしくないようにするのだ」

「ふさわしくない……顔に傷でもつけまするか」

姉小路が問いかけた。

「それもいいが、女にとってより屈辱はなんだ」

「女に……それはっ」

口の端《は》をゆがめた天英院に、姉小路が気づいた。

「そうじゃ。身を汚してやればいい。将軍の御台所となるのは、潔白でなければならぬ」

天英院が述べた。

将軍の御台所は、処女でなければならなかった。もちろん、明文として決まっているわけではないが、御台所の産んだ男子が、次の将軍になると決まっているのだ。当然、将軍以外の男とまぐわうなど論外であった。

子供というのは、男の精が女の胎内で育つものだと考えられていた。もし、将軍以外の男の精を受けてしまえば、生まれてくる子供に疑いが出る。そのため、処女だけが御台所になれた。

「ですが、大奥には女しかおりませぬ」

「おるではないか。伊賀者が」

「伊賀者はいけませぬ」

天英院の提案に姉小路が首を左右に振った。

「なぜじゃ。伊賀者も男であろう」

「伊賀者は大奥の守り。その伊賀者が大奥の女に手を出すわけには参りませぬ」

「よくわからぬぞ」

天英院が首をかしげた。

「大奥の女が上様以外の男で孕《はら》んだ。これが表に出れば、伊賀者の責任となりまする。男が大奥へ入るのを見逃した、阻止できなかった、あるいは手引きしたと思われて当然でございまする」

「ふむ」

説明する姉小路に、先をと天英院が促した。

「伊賀者が責任を問われまする」

「それがどうかしたのか」

天英院が不思議そうな表情を浮かべた。

「伊賀者が役目を解かれましょう。いえ、放逐されましょう。放逐されれば、禄がもらえず、生きていけませぬ」

「伊賀者がどうなろうが、妾は気にはせぬぞ。伊賀者がいなくなったら、また誰かが大奥を守りにくるであろう」

たいしたことではないと天英院が言った。

「…………」

姉小路が絶句した。

「どうした、姉小路」

黙った姉小路に、天英院が怪訝な顔をした。

「天英院さま。己たちが滅ぶとわかっている任を、伊賀者は引き受けましょうか」

「妾の命ぞ。伊賀は従わねばならぬ」

天英院が断じた。

「申しあげにくきことながら、お方さまは伊賀者の主ではございませぬ。伊賀者を支配しているのは、幕府。大奥ではございませぬ」

「妾の言うことでは動かぬと」

「あいにく」

姉小路が首肯した。

「伊賀者は遣えぬな」

天英院が吐き捨てた。

「他に男は……、おう、五菜《ごさい》がいたな」

すぐに天英院が対象を変えた。

「五菜でございますか。たしかに、五菜も男でございました」

言われて思い出したとばかりに、姉小路が反応した。

五菜とは、大奥の女中にはできない雑用をこなすための下男であった。買い物をしたり、手紙を届けたり、外へ出られない大奥女中の代わりを主な仕事にする。他にも家具など重いものを動かしたりすることもある。そう、五菜は大奥のなかへ入るのだ。

男子禁制といいながら、大奥には男の出入りがあった。五菜の他に、大奥女中の体調を管理する医師、上臈たちと大奥の運営について打ち合わせをする老中、女中の所用を担当する御広敷用人などがいた。

そのなかで五菜がもっとも多く大奥へ出入りしているが、身分は最下級の小者《こもの》よりも低い。気位の高い大奥女中たちからみれば、五菜は犬や虫と変わらない。誰も五菜を男と思ってはいなかった。

「よくぞ、思いつかれました」

姉小路が感心した。

「なに、館林の家老山城何某《なにがし》から遣わされた者がいたであろう」

「五菜の太郎《たろう》でございますか」

「そんな名前であったかの。山城には金以外でも合力してもらっておるの」

「色々とお助けいただいております」

姉小路が同意した。

外へ出られない。異性が側にいない。潤いのない大奥女中たちの楽しみは、己を着飾るか、うまいものを喰うしかなかった。しかし、大奥女中たちに与えられる手当は、生活するには十分だが、贅沢を繰り返せるほどはない。そこで足りないぶんを、実家あるいは縁者に頼るのだ。

六代将軍家宣の御台所だった天英院には、幕府からかなりの費用が出されていた。が、それも吉宗になって減額され、そうそう金の張る小袖などを思うがままに作れなくなった。やむなく天英院は、亡夫の弟である館林藩主松平清武《きよたけ》へ強請《ねだ》った。その実務を担当したのが、山城帯刀であった。

「あの者を遣え」

「わかりましてございまする。早速に」

姉小路が腰を上げた。

二

五菜というのは、みょうなものであった。幕臣ではなく、大奥女中が個人で抱える小者でありながら、七《なな》つ口《ぐち》に詰め所を与えられていた。

「五菜の太郎を」

姉小路の意を受けた天英院付きのお末《すえ》が、七つ口から呼んだ。

「お呼びでございまするか」

すぐに太郎が詰め所から出てきた。

「お呼びである。中庭まで参れ」

「はい」

横柄《おうへい》なお末に、太郎は従順に応じた。

太郎は本名を野尻力太郎《のじりりきたろう》といい、館林藩の厩番《うまやばん》であった。頑強《がんきょう》な身体つきをしていたことで、家老山城帯刀に目を付けられ、五菜となって大奥との連絡役をしていた。

「五菜の太郎、通りまする」

太郎は腰に付けた鑑札《かんさつ》を、七つ口警固の御広敷番へ示した。

「通れ」

形だけ確認した御広敷番が首を上下に振った。

「ありがとう存じまする」

腰をかがめて、太郎は七つ口をこえた。

「付いて参れ」

先に進むお末から三間《げん》（約五・四メートル）離れて、太郎は進んだ。大奥に入れるとはいえ、女中との接触は不義密通を疑われる。どこで誰が見ているかわからないのだ。目を合わせるだけでも、問題になる。

太郎は大奥の廊下に敷かれた畳の目を追うように、顔を伏せていた。

「ここで待て」

「はい」

指示されて蹲《つくば》い、石の傍らで太郎は片膝をついた。

「…………」

呼び出されていながら、太郎は長く放置された。

「来ていたか」

半刻（約一時間）はゆうに過ぎたころ、ようやく頭上から声がした。

「お呼びでございますか」

不満を感じさせない口調で太郎は問うた。

「うむ。皆の者、他人《ひと》を近づけるな」

「はっ」

姉小路が供していた女中たちを散らせた。

「…………」

「誰もおりませぬ」

女中から人がいないという報告を受けるまで、姉小路が沈黙した。

「よし。太郎。一度しか言わぬ。返答も要らぬ。そなたは言われたことだけをすればいい」

「……はい」

念を押す姉小路に、太郎が少しだけ遅れて返答した。

「竹姫を汚せ」

「……なんと仰せられました」

あまりの内容に、太郎は思わず顔を上げた。

「聞き直すな」

姉小路が叱りつけた。

「申しわけございませぬが、なにをいたせばよいかわかりかねまする」

太郎は姉小路の怒りを買うことを覚悟で、確認した。

「情けない」

姉小路が嘆息した。

「愚か者にもわかるように言ってくれる。竹姫を犯せ」

「…………」

太郎が絶句した。

「わかったな」

用はすんだと姉小路が踵《きびす》を返した。

「お、お待ちくださいませ」

あわてて太郎が縋《すが》った。

「なんだ」

姉小路が顔だけ振り向いた。

「無茶でございまする。とても果たせませぬ」

太郎が抗議した。

「拒むつもりか」

「……はい」

ためらいながらも、太郎はうなずいた。

「どうしてもできぬ」

「申しわけございませんが、次の御台所さまを犯すなど、とんでもないことでございまする」

太郎が激しく首を左右に振った。

「そうか。では、死ね。秘事を知った者を生かして帰すわけにはいかぬ。それくらいはわかるな」

「……そんな」

理不尽な姉小路に、太郎が動揺した。

「当たり前であろう」

姉小路が冷たい目で太郎を見た。

「おい」

「はっ」

付き従っていた女中の一人が手にしていた薙刀《なぎなた》を太郎へと向けた。

「…………」

太郎が身構えた。

「逆らうか」

姉小路が柳眉《りゅうび》を逆立てた。

「お手向かいつかまつる。藩から殺されよとは命じられておりませぬ」

野尻力太郎は、下級とはいえ武士である。一通りの武芸を身につけている。いかに武芸で大奥へ仕える別式女《べっしきめ》といえども、そうそうやられはしない。

「家族の命も要らぬというのだな」

姉小路が太郎へ言った。

「な……」

太郎が目を剝いた。

「妻や子にはかかわりございませぬ」

「ふん。かかわりはある。そなたの家族というだけで、我らにとっては敵だ」

氷のような声で、姉小路が告げた。

「なんということを……」

太郎が啞然とした。

「敵は一族皆殺しにしておかねば、いつ牙《きば》を剝いてくるかわからぬ。見逃したために、嚙みつかれてはたまらぬ。危険な芽は摘み取っておくにかぎる」

姉小路が宣した。

「琴音《ことね》、山城帯刀に報せよ、太郎が謀反《むほん》を起こした。我らに抵抗したゆえ、家族を誅《ちゅう》せよとな」

「はっ」

太郎からもっとも離れていた女中が、姉小路の指示を受け、走り出した。

「ま、待て」

「動くな」

追おうとした太郎の目の前に、薙刀の刃が突き出された。

「くっ」

太郎が呻《うめ》いた。

「どうする。まだ、間に合うぞ。我らの使者は、どうしても七つ口で一度止められる。もっとも天英院さまの女中だ、御広敷番頭も手間取らぬ。あまりときはないかな」

姉小路が降伏を勧告した。

「……御家老さまは、家族を守ると約束してくださった」

太郎が叫んだ。

「当主を将軍にできるかどうかだ。下級藩士の家族と天秤にかけられるわけなかろう」

　必死の太郎を姉小路が嘲笑した。

「……くっ」

　太郎が膝を折った。

「そなたを五菜にしたのだ。五菜は士分どころか、足軽《あしがる》でさえない。わかっているのだろう。身分低い家中《かちゅう》など、藩の執政にとっては駒でしかないと」

　姉小路が口調を和《やわ》らげた。

「……わかりましてございまする」

　力なく太郎が両手をついた。

「琴音」

「これに」

　七つ口へ走っていったはずの女中が、柱の陰から現れた。

「なっ……」

　太郎が驚いた。

「策を書いた書状を山城帯刀どのへ出せ」

「用意いたしておりまする」

琴音が懐から書状を出した。

「さすがだの。それを急ぎ届けよ」

満足そうに首肯した姉小路が、琴音に命じた。

「はっ」

一礼して、今度こそ琴音が離れていった。

「……あれは」

太郎が顔を上げ、書状の内容を問うた。

「そなたに命じたことを報せ、そなたの家族を保護してくれるように頼んだのだ。手厚く警固を付けてくれとな」

姉小路が小さく笑った。

「……そんな。引き受けたではございませぬか」

手厚い警固、その真の意味を悟った太郎が、顔色を変えた。

「逃げぬという保証がないからの」

「絶対に逃げませぬ」

「それを信用するほど、妾は甘くない」

ふたたび姉小路が笑いを消した。

「安心せい。家族へ手出しはせぬ、そなたが任を果たせばな。失敗したり、あるいは逃げれば、どうなるかはわからぬがの」

「無情なまねを……」

太郎が憤慨した。

「天下は無情でなくば取れまい。神君《しんくん》家康公を見よ、孫娘の婿だった豊臣《とよとみ》の秀頼《ひでより》を滅ぼしたではないか。情など、邪魔なだけ」

姉小路が断じた。

「連れ合いを、子を持ったことのないあなたには、わかるまい。それがどれほど愛《いと》しいものか」

太郎が言い返した。

「わかる意味などないな。大奥にあがった日から、妾は生涯男を知れぬ身。知らぬものはどうやっても感じられまい」

「推し量るくらいできようが……」

ていねいな言葉遣いを太郎は捨てた。

「できぬな。そなた、女のお産の痛みがわかるか」

「わかる。妻の出産を見たからな」

「ふん。それは上辺《うわべ》だけだ。実際に体験していないかぎり、真実は知れぬ。そなたが感じたのは、痛みに呻く妻の姿であり、その痛みを感じたわけではない。連れ合いも子もおらぬ妾に、親子夫婦の真実の情がわかるわけない」

「……うっ」

正論を口にする姉小路に、太郎が詰まった。

「なにが真実かなどはどうでもいい。そなたの真実と妾の真実は違う。さて、妾の温情を受け取るがよい」

「温情だと……」

何を言うかと太郎があきれた。

「ことをなしとげたときの褒賞よ。もちろん、逃走の手伝いはするぞ。そのあたりは、妾が命じたことだ。ちゃんと責任を持ってくれる。それとは別の褒美だな」

「逃がしてくれると。始末する気ではないのか」

太郎が疑った。

「当たり前じゃ。大奥のなかで男の死体が見つかるなど、悪夢以外のなにものでもあるまい。そんなことになれば、それこそ吉宗が嬉々として大奥へ手を入れよう。少なくとも、大奥は出てもらわねばならぬ。その先までは知らぬが」

姉小路が保身のためだと告げた。

「まあ、信用してもらうしかないがな」

「できるわけない」

太郎が顔をそむけた。

「しなくともよいぞ。そなたの力で逃げてくれれば、こちらは楽だからな」

「…………」

「さて、褒賞は三百石だ」

「三百石……」

あっさりと言った姉小路に、太郎が耳を疑った。

五万四千石の館林藩では、家老でようやく千石をこえるていどである。三百石は確実に上士に入る。

「いつやるかは、そなたに任せるが、急げよ。半月以内だ。それをこえたら、家族がどうなるか……」

「わかりましてござる」

脅す姉小路に、太郎はうなずくしかなかった。

三

聡四郎が城へ上がらなくなって三日が過ぎた。

「どうなっている」

御広敷用人で最先任の小出半太夫《こいではんだゆう》が、いらついた。

「病という届けしか出ておらぬ。どのような状況で、いつ復帰できるかを報せて来ぬのは、いかがなものか」

小出半太夫が不満を口にした。

「詳細を問い合わせられてはいかが」

別の御広敷用人が提案した。

「できれば、そうしておるわ。水城は上様の娘婿だぞ。うかつなまねをして、上様のお気に障ったらどうする」

ますます小出半太夫の機嫌が悪くなった。

「奥右筆《おくゆうひつ》に問い合わせてごらんになれば」

「……奥右筆か」

提案に小出半太夫が考えこんだ。

奥右筆は、幕府の事務一切を司《つかさど》る。老中奉書の作成から、大名、旗本の隠居、襲封《しゅうほう》、婚姻まで、奥右筆の筆が通らなければ、どれも効力を発しない。当然、役付旗本の病欠にかかわる書付《かきつけ》も、奥右筆の管轄であった。

「我らの問いを拒めますまい。あやつらは格下」

「だの」

言われた小出半太夫が納得した。

奥右筆は、勘定吟味役の次席扱いである。勘定吟味役の上とされている御広敷用人からみれば、配下に近かった。

「ちと出てくる」

小出半太夫は、御広敷を出た。

大奥と表《おもて》をつなぐ御広敷は、将軍の居所である中奥《なかおく》に隣接している。その代わり、政務を執る表とは、それなりに離れている。

「誰でもよい、奥右筆を呼び出してくれ」

小出半太夫は、奥右筆部屋前に控えているお城坊主に頼んだ。

「貴方《あなた》さまは」

なうお城坊主は、役人や大名の顔を覚えるのも仕事であった。

「お待ちを」

問うた無礼を詫びず、お城坊主が奥右筆部屋へ入った。

「まったく、坊主風情が……」

姿が見えなくなってから、小出半太夫が腹立たしげに言った。

お城坊主の身分は低い。城中で最下級と言ってもまちがいではない。だが、そのお城坊主を叱りつけることは、御広敷用人筆頭の小出半太夫にもできなかった。

城中の雑用をこなすということは、老中や有力な大名と顔見知りになる。屋敷に帰れば、殿さまとして祭り上げられている旗本、大名である。当然、身の回りのことなど一人でできるはずなどない。茶を淹《い》れることから、厠《かわや》で手に水をかけてもらうことまでお城坊主の世話になっている。となれば、お城坊主へ気を遣わなければならない。気を遣っているお城坊主から、御広敷用人の小出さまに叱られましたなどと言われれば、老中や目付《めつけ》もなんらかの対応をしなければならなくなる。

罵声《ばせい》を小出半太夫は呑みこんだ。

「しばし、あちらでお待ちくださいませ」

戻ってきたお城坊主が、手で廊下の隅を指した。

「うむ。ご苦労であった」

幕府のすべてが集まると言っていい奥右筆の部屋には、老中といえども足を踏み入れることは許されていない。小出半太夫は従った。

「お待たせをいたしました」

直接の上役ではないが、御広敷用人は格上になる。小半刻ほどで現れた奥右筆が詫びた。

「忙しいところをすまぬな」

小出半太夫も軽く頭を下げた。

「早速だが……」

無駄に時間を遣うわけにはいかない。相手はなにせ城中でもっとも多忙といわれている奥右筆である。なにより、格下とはいえ、城中での権は奥右筆が御広敷用人よりはるかに強い。小出半太夫はすぐに用件を伝えた。

「水城聡四郎さまでございますか……」

訊かれた奥右筆が首をかしげた。

「病気欠勤の届けが出ているはずだが」

小出半太夫が怪訝な顔をした。

「少しお待ちくださいませ。少なくともわたくしは扱っておりませぬ。同役に問うて参りまする」

奥右筆がもう一度部屋へと消えた。

「……どういうことだ。御広敷には病欠の届けが出ている。御広敷に出して奥右筆に出さぬなどありえぬ。奥右筆が認めぬかぎり、病欠はならぬ」

小出半太夫の表情が変わった。

「……お待たせいたしましてござる」

今度はすぐに奥右筆が報告に来た。

「いかがでござる」

「全員に確認いたしましたが、届けはまだ出ておりませぬ」

確認した小出半太夫に、奥右筆が告げた。

「出ておらぬ。さようか。いや、手間を取らせたな」

「しばし。水城聡四郎どのは病欠なさっておられるのでございまするか」

城中のすべてを把握していなければ気がすまないのか、奥右筆が訊いてきた。

「知らぬ。たしかに来てはおらぬが、病欠かどうかは、儂にはわからぬ」

冷たく小出半太夫が拒絶した。

「…………」

己の質問には答えさせたのに、こちらの求めには応じない小出半太夫の態度に奥右筆が鼻白《はなじろ》んだ。

「ご苦労であった」

言葉だけでねぎらって、小出半太夫は奥右筆部屋から遠ざかった。

「組頭どのにお報せせねば」

残された奥右筆も、急いで執務部屋へと戻った。

御広敷へ帰った小出半太夫に声がかかった。

「いかがでござった」

「…………」

問いに小出半太夫は答えなかった。

「小出どの……水城氏のこと、どうでござった」

聞こえなかったかともう一度、御広敷用人が訊いた。

「…………」

黙ったままで、うるさそうに小出半太夫が御広敷用人を見た。

「……御免。ちと用を」

気まずくなった御広敷用人が、用人部屋を出ていった。

「水城が病欠を出し忘れている……これはない。御広敷に出ているからな。となれば、何かしらの意図がある」

一人になった小出半太夫が思案した。

「竹姫さまに付けられた水城が、茶会の後から出てこなくなった。茶会であったことといえば、上様が竹姫さまを天英院さまや月光院さまよりも優遇したこと」

小出半太夫が気づいた。

「上様よりなにか命を受けた。それも表に出せぬような用。竹姫さまにかんすることで、密《ひそ》かにせねばならぬこととといえば……婚姻か。その手配に水城は動いている」

小出半太夫が額にしわを寄せた。

「竹姫さまが御台所になれば、御広敷用人の筆頭も水城になる」

大奥での権威はそのまま御広敷に出る。それだけ御広敷と大奥は近かった。

「上様が将軍となられたとき創設された御広敷用人として、最初に抜擢《ばってき》された儂よりも上席に水城が、あの若造がなる……」

不満を小出半太夫が露《あら》わにした。

「次代の大奥の主を担当するのは、もっとも大奥御用に精通した儂こそがふさわしい」

小出半太夫が口の端をつりあげた。

「上様も水城ではなく、儂にご命じなさるべきなのだ。役に就いて日が浅く、慣れていない水城では、かならずたらぬことが出る。そうなってからでは遅い。大奥最大の慶事に傷を付けるなど、御広敷を統括する者として許されぬ」

腕を組みながら小出半太夫が独りごちた。

「どうにかして水城から、ご婚礼の役を取りあげねばならぬ」

小出半太夫が立ちあがった。

「……伊賀者、外せ」

御広敷用人部屋から出た小出半太夫が、隣接している伊賀者詰め所へと入るなり命じた。

「はい」

詰め所にいた御広敷伊賀者組頭遠藤《えんどう》湖夕《こゆう》が、言われるままに退散した。

伊賀者詰め所には警固の都合上、大奥との通路があった。

「御錠口《おじょうぐち》番どの、御広敷用人小出半太夫でござる」

こちら側の扉を開けて、小出半太夫が声をかけた。

「竹姫さま付きのお方に面談願いたい」

「待て」

扉を開けずに、御錠口番の女中が一言返した。

大奥は広い。江戸城本丸御殿一万三千坪余りのほぼ半分、六千坪が大奥であった。当然、部屋数も六百をこえ、下《しも》の御錠口からほぼ最奥に近い竹姫の局《つぼね》まで往復するだけでかなりの手間がかかった。

「御広敷座敷へ通られよ」

半刻（約一時間）は待たされた小出半太夫に、ようやく許可が出た。

「案内《あない》頼む」

よく知った場所でも、勝手に足を踏み入れることはできない。大奥は男子禁制を建前にしている。いかに大奥の所用を承《うけたまわ》る御広敷用人といえども一人でうろつくことは許されない。かならず案内という名の見張り役女中を複数伴わなければならなかった。

「こちらじゃ」

御錠口番が、小出半太夫の前に立ち、薙刀を持った火《ひ》の番《ばん》が後ろにつき、御広敷座敷へと向かう。

表役人に大奥のなかを見せたくないからか、御広敷座敷は、下の御錠口を入ってすぐのところにある。

「ここで控えておれ」

尊大な口調で下の御錠口番が告げた。

「…………」

無言で小出半太夫は、御広敷座敷下段中央に腰を下ろした。

さすがにお末はそうではないが、目見《めみ》え以上となる呉服《ごふく》の間《ま》以上の女中たちは、表役人たちを下に見る風潮があった。厳密にいけば、中臈以下は御広敷用人よりも格下になるため、御錠口番の態度を問題にできるが、うかつな手出しは大きなしっぺ返しとなりかねない。小出半太夫は御錠口番へ返答をしないことで、腹を抑えた。

「…………」

御広敷座敷に通されてからも苦行であった。相手の女中がなかなか来ないのだ。

茶も出されず、火の番に後ろから見張られつつ、姿勢を保たなければならない。

「お待たせしたが、何用でござろうか」

小半刻ほどして、入ってきた竹姫付き中臈の鹿野《かの》が、立ったままで問うた。これは担当外の御広敷用人から呼び出されたことへの抗議と、なにを言われるかというら警戒からであった。立ったままの応答が無礼なのは当然だが、身を守らなければならない女の身ということで、大奥と表役人の間では黙認されていた。

「お座りくださりませ」

小出半太夫が鹿野へ着席を促した。

「竹姫さまの御用は水城が承っておる。貴殿ではないはずだが」

鹿野が首をかしげた。

「その水城のことでございまする」

「水城の……ならば聞かねばなるまい」

鹿野がようやく座った。

「申せ」

無駄話は要らぬと鹿野が用件を問うた。

「ここ数日、水城が出勤してきておりませぬ」

「ほう。身体でも壊したか」

教えられた鹿野が、ほんの少し目を大きくした。

御広敷用人は御用聞きではない。こちらからなにか御用はと伺いを立てることはしない。大奥の機嫌を取って、さらなる出世を求める者はすることもあるが、通常は大奥からどうこうして欲しいという要望が来るまで動かない。聡四郎が休んでいることに、鹿野が気づかなくても不思議ではなかった。

「それが、貴殿とどのようなかかわりが」

鹿野が尋ねた。

「水城がおりませねば、ご不便でございましょう。そこで、水城の代わりにわたくしが、竹姫さまの御用を承ろうかと。いかがでございましょう」

「要らぬ」

売りこんできた小出半太夫に、鹿野は首を左右に振った。

「わたくしは、上様より初代の御広敷用人として選ばれました。それだけ上様のご信頼をいただいていると自負しておりまする。上様とこれからご縁の深まられる竹姫さまにとって、悪い話ではないと存じまする」

鹿野の拒否を無視して、小出半太夫が続けた。

「……上様とのご縁が深まる」

小出半太夫の言葉に鹿野が引っかかった。

「ご婚礼のご用意が入り用かと。わたくしならば、日本橋《にほんばし》の越後屋《えちご》を始め、池之端《いけのはた》の越川屋《えちかわ》、馬喰町《ばくろちょう》の上総屋《かずさ》などとも親しく、どのような無理でもきかせてみせまする」

越後屋は呉服、越川屋は袋物、上総屋は紙の売り買いで知られた名店であった。

それら老舗《しにせ》の名前を出すことで、小出半太夫は己の実力を示したのであった。

「ほう。老舗と親しいのだな」

鹿野の顔に皮肉な笑いが浮かんだ。

「さようでございまする」

「では、桔梗屋《ききょう》、すはまやらとも……」

「もちろんでございまする。ご婚礼の席にふさわしい菓子を作らせまする」

水を向けられた小出半太夫が答えた。

「ほう。それで姫さまの御用を果たせると」

鹿野の声が低くなった。

「……えっ」

小出半太夫が鹿野の雰囲気の急激な悪化に気づいた。

「茶会で、姫さまが茶菓子の手配にご苦労なされたのを知らなかったのか」

「……存じませなんだ」

一拍の間を置いて、小出半太夫が知らなかったと言った。

「御広敷を統括する御広敷用人、その筆頭が知らぬ。職務怠慢よな」

鹿野が小出半太夫を糾弾した。

「茶会で使う菓子の手配は、お付きの御広敷用人の役目でございまして……」

担当が違うとあわてて小出半太夫が言いわけした。

「そうだ。だが、今ごろ気を遣うというならば、そのときにしてくれてもよかったのではないか。竹姫さまのもとへ上様がお出《い》でになられてから、すり寄られてもな」

「……茶会と婚礼は規模が違いまする。慣れておらぬ水城では、心利かぬことになりかねませぬ」

鼻先であしらわれながらも、小出半太夫がねばった。

「上様より、まだなんの御諚もいただいておらぬ。婚礼など勝手に口にするとは、僭越《せんえつ》であろう」

いい加減あきれた鹿野が叱った。

「…………」

「火の番」

後ろに控えている火の番に、鹿野が声をかけた。

「なんでございましょう」

「こやつを追い出せ」

「はっ」

火の番が鞘を付けたままの薙刀を構えた。

「鹿野どの」

小出半太夫が、驚いた。

「姫さまは、ずっと不遇におられた。不遇のおりに手を貸してくれた者の恩は忘れておられぬ。と同時に、利があるとみてすり寄ってきた者を嫌われる。妾も同じじゃ。水城が来るまで、姫さまは菓子さえままならぬ毎日を送っておられたのだ。そなたは、そのときを知っているわけだ。なにせ、御広敷用人として最先任なのだからな。沈んでいるときには見て見ぬ振りで、浮かんでから手をさしのべる。そのような者に、女として生涯一大切な行事を任せる気になるわけなかろう」

「ぐうっ」

小出半太夫は反論できなかった。

「水城が十日やそこら来なかったところで、姫さまの局は困らぬ。さすがに生ものは無理だが、菜に困らぬだけの備蓄もある。落とし紙でも一月《ひとつき》やそこら十分に保《も》つ」

鹿野が腰を上げた。

「二度と顔を見せるな」

厳しく命じて、鹿野が御広敷座敷を後にした。

「…………」

小出半太夫は引き留められなかった。

「用人どの、御用を終えられたならば、急ぎ表へお戻り願う」

薙刀を突きつけながら、火の番が促した。

「……わかった」

低い声で小出半太夫がうなずいた。

御広敷へ帰った小出半太夫は、用人部屋で真っ赤になっていた。

「何様のつもりだ。まだ、御台所さまに決まったわけではないのだぞ。しかも、竹姫ではなく、中臈ごときが、この儂にあの態度、許せるものか」

小出半太夫が罵った。

「中臈も腹立たしいが、憎いは水城よ。もっとも新参でありながら……」

ぎりっと小出半太夫が歯がみをした。

「どうしてくれようか」

小出半太夫が怒りの矛先を向ける先を探した。

「竹姫に直接の手出しはまずい。儂が竹姫の中臈と顔を合わせたのは、隠しようがない。うかつなまねは、上様のお怒りを買う」

吉宗の怒りを想像した小出半太夫が震えた。吉宗の果断《かだん》さは、紀州藩主だったときから仕えている小出半太夫のよく知るところであった。

「かといって、このままでは腹の虫がおさまらぬ」

小出半太夫が爪を噛んだ。

「竹姫が御台所になってもっとも困るのは……月光院ではないな。月光院の、先代上様の生母という格式に変更はない。対して、天英院は違う。今の天英院の格は、先々代将軍の正室であり、先代の御台所だ」

妻《めと》を娶ることなく死んだ家継に御台所はいなかった。

「そのお陰で、大奥の主人であると言い張っている。しかし、竹姫が御台所になれば、話が変わる。大奥の主人と言い張る根拠がなくなる。御台所が大奥の主だからな。先の御台所は、ただの隠居に落ちる」

隠居になれば、大奥を出るのが慣例であった。とはいえ六代将軍の正室だったのだ。その天英院を江戸市中や実家のある京へ行かせるわけにはいかなかった。市井《しせい》においても、もし天英院になにかあれば、幕府の沽券《こけん》にかかわる。保護という名の監視下においておかなければならない。

「二の丸あたりで生涯押しこめだろう。先の御台所としての格式は残されながら、生活のすべてに幕府の指示を……」

天英院の末路は、簡単に予想が付いた。

二の丸は、大奥ではない。大奥のように表の権力を跳ね返すことはできなかった。

「傲慢《ごうまん》な女どもに、我慢できようはずはない」

天英院が二の丸へ移るとなれば、一人ではない。身の回りの世話をする女中はもとより、話し相手、あるいは女中たちの統括役として、上臈一人、中臈二人、その他目見え以上の女中数人が、大奥から供することになる。

「……よし」

小出半太夫が、立ちあがった。

四

御広敷に出勤しなくなった聡四郎だが、屋敷にじっとしてはいなかった。

「文句をつけに行ってくる」

「気をつけて」

玄関先まで見送りに来た紅が、心配そうな顔をした。

「師が付いてくださっているのだ。飛び道具でも持ち出されぬ限り、大丈夫だ」

聡四郎が紅を安心させるように笑った。

「玄馬、頼むぞ」

屋敷の守りを、聡四郎は大宮玄馬に託した。

「お任せくださいませ。命に代えて」

大宮玄馬が、決意を口にした。

「固くなりすぎじゃ」

聡四郎と大宮玄馬の剣術の師、入江無手斎が注意をした。

「固くなっていいのは、男の股間だけだ。無駄な力は筋を固める。一撃の出が遅くなるだけでなく、伸びも悪くなるぞ」

「……気をつけまする」

言われた大宮玄馬が深呼吸を繰り返した。

「……まったく」

入江無手斎の下品な譬えに、紅がため息をついた。かつては人足たちを束ねていた紅である。このていどのことで顔をしかめるほど、初《うぶ》ではなかった。

「玄馬さんの肩の力を抜くためとわかっておりますが、少しは気を遣ってくださいな。これでも、わたくしは上様の娘でございまする」

紅が胸を張って切り返した。

「すまん。すまん」

見抜かれた入江無手斎が、笑いながら動く左手で頭を叩いた。

「では、師。お願いいたしまする」

いつまでも言葉遊びをしているわけにもいかないと、聡四郎が入江無手斎に合図した。

「おう。では、殿をお預かりいたす」

入江無手斎が背筋を伸ばした。

武家の外出には、供が必須であった。お目見えもかなわない低い身分の者ならばいざ知らず、家臣を抱えるだけの身上を与えられていながらの単独行は恥とされた。身分ある武家ならば、遊廓へかようにも供が要った。

「で、どこへ行く」

屋敷を出るなり、入江無手斎が問うた。

「館林公のお屋敷へ参ろうかと」

「ほう……」

聞いた入江無手斎が、周囲をみまわした。

「思いきったことをする」

入江無手斎が感心した。

「わざわざ呼んでくれたのでござれば、応じるのが浮き世の義理というものでございましょう……」

聡四郎は答えた。

「呼んだわけではないと思うぞ。単に襲っただけであろう」

弟子の言動に、師が苦笑した。

「正体がばれているにもかかわらず、同じことを繰り返す。ならば、反撃されるのも承知していましょう」

「ばれていないと考えていたらどうするのだ」

「こちらが気づいていると報せてやれば、閉じこもった振りもできますまい。あぶり出してやろうかと」

聡四郎は決意を述べた。

「まるで、縄張りを荒らされた獣だな」

入江無手斎が首を小さく振った。

「獣にもなりましょう。妻と腹の子を狙われた。それを許しては、武家として、いえ、人として成りゆきますまい」

「たしかにの」

厳しい表情を変えない聡四郎に、入江無手斎が同意した。

「だがの、怒りを言いわけにするな」

「言いわけ……」

「そうだ」

怪訝な表情を浮かべた聡四郎に入江無手斎が続けた。

「剣での戦いはもとより、交渉ごとも怒りを根元におくと、頭に血が上ったままになる。相手憎しだけで立ち向かうことになるぞ。そうなれば、細かい動きなどを見逃すかも知れぬ。儂はずっと教えてきたはずだ。心を静め、目を大きく見開けとな」

「…………」

師の諭しに聡四郎は黙った。

「不満だろう。状況が状況だからな。だから、儂はそなたを叱らぬ。儂とて、同じ。前も言ったであろう。剣に生涯を捧《ささ》げた儂にとって、技と精神を継いでくれるおぬしと玄馬は吾が子だと。つまり、紅どのは、吾が娘、そしてお腹の子は、吾が孫だ。儂が怒っていないとでも思っているのか」

一気に入江無手斎が殺気を放った。

「うっ……」

流派と己の名誉をかけて戦い、相手を何人も仕留めてきた剣豪入江無手斎の気を浴びせられた聡四郎が呻いた。

「わかったか。一人で暴走するな。儂も加えよ」

「……はい」

聡四郎は首肯した。

「……かたじけのうございまする」

息を整えてから、聡四郎は足を止めて、入江無手斎に礼を述べた。

「ふん、よく詫びなかったの。頭を下げるなどという他人行儀なまねをしてのけたら、拳骨《げんこつ》をくれてやったものを」

入江無手斎が鼻を鳴らした。

「何年、弟子をしていると」

聡四郎は苦笑した。

「さすがに読めるようになるな」

大きく入江無手斎が笑った。まだ残っていた殺気がきれいに霧散した。

「詫びは、家族へするものではない。家族へは感謝を伝えるだけでいい。苦労をかけられるのも迷惑をかけられるのも、家族だけの特権である」

「はい」

入江無手斎の話に、聡四郎も賛同した。

「よかろう。ようやく、そなたの眉間《みけん》から曇りが取れたわ」

聡四郎の顔を覗《のぞ》きこんだ入江無手斎が、息を吐いた。

「お陰さまでわかりましてございまする」

一度息を大きく吐いて、聡四郎は落ち着いたことを証明した。

「今日は、相手に次はないと知らしめるだけでよいのでございますな」

「そうだ。馬鹿をしてくる連中に、己たちが戯《ざ》れているのが、犬ではなく、獅子《しし》の尾だと見せつけるだけでいい。いきなり戦いに持ちこむのは下策《げさく》」

入江無手斎が語った。

「我らがこれから訪れるのは、すなわち敵地だ。相手に地の利がある。だけでなく、我らに援軍はないが、向こうはいくらでも出してこられる。圧倒的な不利。暴れたところで、どうにもならぬ。そなたと儂で、五十は殺せようが、そこまでだ。疲れたところを狙われて、討ち取られるのが関の山。そして、我らが死ねば、紅どのは、玄馬は孤立する」

「はい。浅はかでございました」

聡四郎は小さく頭を振った。

「戦いは、剣だけではない」

表情を入江無手斎が一層引き締めた。

「今、戦えば、儂はそなたに勝てぬ」

「とんでもないことを」

聡四郎は目を剝いた。

まさに剣鬼と化した浅山鬼伝斎《あさやまきでんさい》と死闘を繰り広げた入江無手斎の腕は、まちがいなく江戸一である。右手が使えなくともその腕は、はるかに聡四郎を凌駕《りようが》する。

「わからぬか」

入江無手斎が聡四郎の顔を見た。

「剣術の試合ならば、百回やって百回勝つ。だが、すべてを遣った戦いとなれば、儂はそなたの相手ではない」

「…………」

聡四郎にはわからなかった。

「おぬしには、幕府が背後についている」

静かな口調で入江無手斎が述べた。

「幕府の役人を襲う。それは幕府を敵に回すのと同じ。幕府からお尋ねを受けるようになれば、この国のどこにも安住の地はない。人は、ずっと気を張って生きてはいけぬ。どこかで息を休めねば、心がもたぬ。幕府を敵に回せば、それができなくなる」

「……はい」

聡四郎も納得した。

「わかったな」

「十分に心得ましてございまする」

深く聡四郎は首肯した。


館林藩松平家の上屋敷は、鍛冶橋《かじばし》御門のなかにあった。本郷御弓町《ほんごうおゆみちょう》の水城家からもそう遠くはない。剣術で鍛えられた足を持つ二人は小半刻少しで、鍛冶橋御門を潜った。

「堂々としているな。任を休んでいるというに」

顔をそらすことなく、真正面を向いている聡四郎に、入江無手斎が感心した。病気を理由に休んでいながらの外出はまずかった。もちろん、治療のために医者へ通う、加持祈禱《かじきとう》を受けるために寺社へ参るなどは、問題ない。しかし、それ以外は咎められた。過去、病気を理由に休みながら、物見遊山《ものみゆさん》に出かけたのを見つかった旗本が切腹となった例もある。

「怠けているわけではございませぬ。なにより、周囲を気にして、心を萎縮《いしゅく》させては、相手に呑まれましょう。これからおこなうのは、剣ではなく気での戦いでござる。おどおどしていては、勝てますまい」

力強く聡四郎が宣した。

「けっこうだ」

入江無手斎が認めた。

「ここだな」

鍛冶橋御門のなかに屋敷を与えられるのは、譜代大名でも老中や若年寄《わかどしより》などを輩出する名門に限られている。そのなかでも松平清武の館林藩上屋敷はひときわ立派であった。

「さすがは、将軍家宣の弟ということか」

入江無手斎の呟きを背中に聞きながら、聡四郎は門番に声をかけた。

「御免」

「なにか」

門番は足軽身分あるいは小者である。当然、両刀を差した聡四郎よりも格下になる。それが、尊大な態度を取るのは、藩を背負っているからであった。

「御広敷用人、水城聡四郎でござる」

「これは……」

旗本、それも役付となると藩主よりも身分が上になるときもある。門番足軽の対応が変わった。

「ご用件をお伺いいたしたい」

門番が問うた。

「わたくしの名前に覚えをお持ちのかたがおられるはずである。まず、ご用人どのに名前を通じていただこう」

「……ご用件はそれだけでございまするか」

「用があるのは、どうやらそちらのようなのでな」

確認する門番足軽に、聡四郎は淡々と告げた。

「………」

用件を聞かずに取り次ぐなど、門番足軽の失態である。門番足軽が戸惑った。

「呼ばれたから来た。呼び出した者の名前は失念した。これでいいか」

弱者でしかない門番足軽をいじめるつもりなどは、聡四郎にはない。動けない門番足軽に、聡四郎は助け船を出した。

「は、はい」

ほっとした顔で門番足軽が、駆けだした。

「ふむ。どうやら落ち着いているようだ」

後ろを守れる位置に立った入江無手斎が言った。

「大事ございませんか」

こちらを狙う気配はないかと、聡四郎は問うた。

「ないな。まあ、鉄砲で狙われでもせぬかぎり大丈夫だ。もっとも曲輪《くるわ》内で発砲などすれば、いかに六代将軍の弟といえども、潰される。せいぜい弓だろうが……」

入江無手斎が周囲に目を配った。

「警戒している者さえ見えぬ。やれ、将軍と敵対していながら、この油断はなんだ。いや、これが、今時の大名か。落ちたものよ」

入江無手斎が嘆いた。


「なに、御広敷用人水城が来ただと……」

門番から報された山城帯刀が驚愕《きょうがく》の声をあげた。

「死んでいなかったのか。いや、起きられぬはずだ。伊賀者がそう申していた……」

山城帯刀が呆然とした。

「お元気そうでございまするが」

事情を知らない門番が答えた。

「くそっ。役立たずめ、しくじったな」

山城帯刀が聡四郎の謀殺の失敗を悟った。

「……なにをしに来た」

「なんでも、用件はそちらにあるはずだと」

問われた門番が、聡四郎の言葉どおりに告げた。

「気づかれていた……いや、当然か。天英院さまからたぐれば、簡単に当家の名前は出る」

館林松平の当主清武は、六代将軍家宣の異母弟である。天英院の義弟にあたった。

「いかがいたしましょうや。御家老さま」

「多忙ゆえ会えぬとは言えぬ」

対応を訊かれた山城帯刀が、顔を手で覆った。

相手は旗本、それも役付である。当主である松平清武ならばまだしも、陪臣でしかない家老が多忙を理由に断ることはできなかった。

「いかがいたしましょうや」

旗本を門前で長く待たせるわけにはいかない。門番が急《せ》かした。

「……やむを得ぬ。客間にお通しせよ」

山城帯刀が言った。

「はっ」

門番が駆けていった。

「藤川は下屋敷か。今から呼んでも間に合わぬ。藩士たちを集めて……屋敷のなかならばどうにかできる」

物騒な独り言を山城帯刀が口にした。

「いや、無理だ。吉宗の懐刀の御広敷用人だ。なんの手配りもなく来るはずはない。うかつなまねは藩を潰す」

山城帯刀が首を左右に強く振った。

「ごまかしとおすしかないな。向こうも証があるわけではなかろう」

山城帯刀が開き直った。

「お待たせをいたしましてございまする。ご用件は、家老山城帯刀が承りまする」

門番が戻ってきた。

「どうぞ、こちらへ」

先に立って門番が案内した。

「儂もよいのか」

入江無手斎が小さく驚いた。

袖なしの革羽織に、馬上袴と従者らしくない姿の入江無手斎も止められず、そのまま客間へと通された。

「ようこそお出でくださりました。当家家老山城帯刀でございまする」

すでに客間の下座で控えていた山城帯刀が、深く頭をさげた。

「御広敷用人水城聡四郎である」

上座へ腰を下ろした聡四郎も名乗った。

「…………」

従者にすぎない入江無手斎は、無言である。

「ご用件を」

「用があるのは、そちらであろう。何度も、我が屋敷に使いを寄こしてくれたようだが」

とぼけた山城帯刀へ、聡四郎が厳しい声を出した。

「なにを仰せなのかわかりかねまする。当家と御広敷用人さまとは、ご縁がありませぬ」

山城帯刀が白《しら》をきった。

「藩主公の義理姉さまが、天英院さまであろう」

「たしかにさようではございますが、天英院さまは先の御台所さま、畏《おそ》れ多くて当家の御縁戚だとは申せませぬ」

「畏れ多いか」

じっと聡四郎は、山城帯刀を見つめた。

「…………」

うつむいて山城帯刀は、目を合わそうとしなかった。

「貴家では、伊賀者を抱えておられると聞いたが」

「とんでもない。忍を抱えてなどおりませぬ」

山城帯刀は認めなかった。

「もと御広敷伊賀者組頭の藤川義右衛門が、出入りをいたしておるという噂を耳にした」

「藤川……そのような者とはかかわりございませぬ」

続けて糾弾した聡四郎に、山城帯刀は否定を繰り返した。

「…………」

白々しい答えにもかかわらず、聡四郎は怒気《どき》を露《あら》わにしなかった。

「ほう」

入江無手斎が小さく感嘆した。

「天英院さまとは畏れ多く、縁続きとは言えぬ。伊賀者とはかかわりがない、藤川義右衛門は知らぬ。そう申すのだな」

「さようでございまする」

聡四郎の確認に、山城帯刀が首肯した。

「わかった」

「おわかりいただけましたか」

理解したと言った聡四郎に、山城帯刀が安堵《あんど》の表情を浮かべた。

「かかわりがないのならば、貴家の名前で大奥へ物品などが運びこまれることもなく、天英院さまからお文などが出ることもないはずだな」

「…………」

山城帯刀の顔色が変わった。

「承知いたしました。今後貴家の名前を使っての献上、貴家宛の文はいっさい七つ口を通さぬ。そのように貴殿が述べたと天英院さまにご報告させてもらう」

「それは……」

天英院は、吉宗に削られた手当の分を館林に負担させている。それを聡四郎は認めないと断じた。贅沢に慣れた女が、金を止められるのだ。機嫌が悪くなる。そして、その矛先は、聡四郎とともに、この状況を作った山城帯刀へ向かう。天英院との繫がりが切れる。それは藩主松平清武の九代将軍就任の大きな障害となった。

「邪魔をした」

聡四郎は席を立った。

「お、お待ちを。天英院さまと当家の主は、義理の仲でございまする。畏れ多いことでございますが、今後お文などをいただくことも……」

山城帯刀が焦った。

「……………」

必死に抗弁する山城帯刀を無視して、聡四郎は玄関を出た。

「あはははっは」

屋敷を出たところで、入江無手斎が爆笑した。

「意地の悪いまねをしたな」

「師のお陰でございまする。師が、わたくしには権があると教えてくださいました。わたくしが使える権といえば、御広敷にかかわるものだけ。ならばと思いつきましてございまする」

聡四郎も笑った。

「しかし……」

入江無手斎が表情を厳しくした。

「今ごろ、あの家老、急いで天英院さまへの文を書いているぞ。そなたに七つ口を封じられる前に、言いわけせねばならぬし、策を弄さねばならぬ」

「はい」

わかっていると聡四郎はうなずいた。

「暴発するぞ」

「承知いたしております。いつまでも見過ごしているわけにも参りませぬ。竹姫さまへ害をなす輩は、早々に退治いたさねば……上様が辛抱を切られて御出陣なされては、大事でございますゆえ」
聡四郎も真剣な顔をした。

第三章　吉宗の策

一

「これは認められぬ。勘定奉行へ突き返せ」

「ふむ。こういうのも要るか。よかろう。ただし、二年だ。二年やってみて効果があるかどうかを確認、継続するかどうかを判断する」

老中から出された案件を一つ一つ吉宗はすばやく片づけていった。

「次は……」

「……以上でございまする」

月番老中の戸田山城守が一礼した。

「さようか。退がってよい」

「はっ」

退出を許可された戸田山城守が、御休息の間を出ていった。

「近江守。供をいたせ」

吉宗が立ちあがった。

「どちらへ」

小姓《こしょう》組頭が尋ねた。

「庭を散策する。文字ばかり見たからか、少し目が疲れた」

「しばし、お待ちを。須藤《すどう》、橘《たちばな》、三池《みいけ》、庭を検分いたせ」

中庭へ出ると言った吉宗を止めて、小姓組頭が小姓たちに下見を命じた。

「面倒なことだ……」

愚痴を言いながらも、吉宗が座り直した。

「別段、異常ございませぬ」

小半刻ほどで小姓たちが復命した。

「よいか」

「お待たせをいたしました」

ふたたび腰を上げた吉宗へ、小姓組頭が平伏した。

「ご無礼を」

先に庭へ降りた加納近江守が、吉宗の履き物を整えた。

「ついて参れ」

吉宗が歩き出した。

御休息の間には、泉水《せんすい》、築山《つきやま》を備えた立派な庭が隣接していた。もっとも広さでいけば、紅葉山《もみじ》に遠くおよばず、大奥の庭よりも小さかった。

「疲れた」

泉水に面した四阿《あずまや》へ入った吉宗が、大きく両手を上げて伸びをした。

「上様……」

不作法《ぶさほう》な吉宗の態度を、加納近江守がたしなめた。

「許せ。老中どもの嫌がらせに耐えたのだぞ」

吉宗が、加納近江守に甘えた。

「まったく、すべての書付を躬が処理すると申したとはいえ、台所で使う炭の買い付けから、大名どもの座する柳《やなぎ》の間《ま》などで供される茶の仕入れ先変更まで、持ち出してきおった」

吉宗が嘆息した。

「愚かな……」

加納近江守が眉をひそめた。

「そなたもそう思うよな」

小さく吉宗が口の端をゆがめた。

「老中どもは、躬が決裁するほどではない些事《さじ》まで持ち出すことにより多量の案件を押しつけ、躬に音《ね》を上げさせるつもりだろうが……」

「上様のことをまだおわかりではないようでございまする。上様がそのていどのことで、お疲れになるはずはございませぬ」

吉宗の後を加納近江守が引き取った。

「すべてを上様に任せる。これで政が円満に回れば、老中どものいる意味がなくなる。案件の取次だけならば、わたくしたち御側御用取次でことは足りましょう」

「ふふふふ」

満足そうに吉宗が笑った。

「役人どもが持ちこんだ案件をそなたが吟味し、要るものだけを躬にあげる。間に無駄な権威を振りかざすだけの者をいれずにすむ。躬の意思がすばやく政に反映される。政は状況に応じ、変じていかねばならぬものだ。いつまでも幕府創成のころの法を金科玉条《きんかぎょくじょう》と守り続けるなど論外。政の相手は世。世は変わる。ようやく乱世が終わったばかりで、いつまた戦国に戻るかも知れぬという神君家康公の御世《みよ》とは違う。世は泰平で、武士は常在戦場の精神を忘れ、金がすべてを動かすようになった。この時代に、前例を頑《かたく》なに守り続けるだけの執政など、不要じゃ」

吉宗が笑いを消した。

「せいぜい、己の居場所を削るがいいわ」

「……上様。ご用件はそれではございますまい」

老中たちを嘲った吉宗に、加納近江守が真剣な眼差しを向けた。

「わかるか」

「はい。上様とはお生まれたときからのおつきあいでございますれば」

加納近江守は延宝《えんぽう》元（一六七三）年生まれで、貞享《じょうきょう》元（一六八四）年に誕生した吉宗よりも十一歳歳上であった。

「ありがたいの。躬の心を口にせずとも、おもんぱかってくれる者がいる」

吉宗がしみじみと言った。

「畏れ多いお言葉でございまする」

加納近江守が片膝をついた。

「源左」

天井を見あげた吉宗が呼んだ。

「これに」

音もなく、御庭之者村垣源左衛門が、加納近江守の後ろに出現した。

「近江守へ説明せよ」

「はっ」

吉宗に言われた村垣源左衛門が、顔を加納近江守へと向けた。

「数日前のことでございまする。五菜の一人が天英院さま付きの上臈姉小路の呼び出しを受けました」

「それが」

女中が雑用をこなす五菜を呼ぶ。当たり前のことである。加納近江守が先をうながした。

「そこで姉小路が五菜に仕事を命じましてございまする」

「…………」

加納近江守が待った。

「竹姫さまを汚せと」

「な、なんだと」

村垣源左衛門の言葉に加納近江守が驚愕の声を出した。

「鎮まれ」

少し離れたところで控えている小姓たちに聞こえると吉宗が注意した。

「申しわけございませぬ。村垣、その話をどこで聞いた」

吉宗へ詫びたその後、加納近江守が村垣源左衛門を問いつめた。

「御庭之者は大奥へ入れぬはずだ」

大奥は御広敷伊賀者の管轄であり、御庭之者の出入りは許されていなかった。加納近江守が、話の真贋《しんがん》を見極めるために、出所を尋ねた。

「御広敷伊賀者が、報せて参りましてございまする」

村垣源左衛門が答えた。

「……伊賀者が」

不審な表情を加納近江守が浮かべた。

「伊賀と御庭之者は仇敵《きゅうてき》であったはずだ」

吉宗に付いて紀州から来た御庭之者に、探索御用を奪われた伊賀者が反発したのは、記憶に新しい。

「伊賀は敗北を受け入れた」

加納近江守の疑問に答えたのは、吉宗であった。

「御広敷伊賀者は、そなたも会った山里《やまざと》伊賀者組頭の遠藤湖夕を新たな組頭としていただき、水城の支配となった」

吉宗が告げた。

「では、報告は水城から」

「直接遠藤から、村垣にあったと聞こえたはずだが」

確認した加納近江守へ、吉宗が厳しい声を出した。

「えっ。ですが、上様は水城の下に伊賀者を配したと仰せられましたが……」

「形としてはな。水城に忍を遣いこなすだけの能力はまだない。虚実のやりとりに慣れておらぬ」

吉宗が言った。

「では、御広敷伊賀者を真に統括しているのは……。そういえば、先日も上様は村垣に、御広敷伊賀者への伝令を」

加納近江守が、聡四郎が休んでいるとの話を聞いたとき、吉宗が村垣源左衛門に御広敷伊賀者へ伝えるようにと命じたのを思い出した。

「裏支配は、わたくしでございまする」

村垣源左衛門がうなずいた。

「庭之者が……」

「伊賀者上席としたのが、ここで生きてきたな」

驚きから立ち直れていない加納近江守に、吉宗が言った。

御庭之者の家は、紀州家で玉込め役を務めていた。軽輩ながら、戦場で藩主の側に控える玉込め役は、側近であり、警固役であった。将軍になった吉宗は、加納近江守を始めとする腹心だけを連れて、江戸城に入った。玉込め役もそのときに、吉宗の差配で紀州から旗本へと籍を移し、伊賀者上席格御休息御庭之者となっていた。

「探索方をさせるために、便宜上つけた格式だったが、意外なところで役に立った」

吉宗が満足そうに述べた。

「まあ、そのあたりのことはどうでもいい。問題は……」

「竹姫さまのことでございまするな」

「そうだ」

応えた加納近江守に、吉宗が首肯した。

「五菜を遣うとは、悪辣《あくらつ》な」

吉宗が憤った。

「どういたしましょうや。五菜の大奥入りを禁じまするか」

加納近江守が提案した。

「……………」

吉宗が腕を組んだ。五菜は大奥の雑用をする。なくせば、大奥は大きな影響を受けた。

「そもそも五菜などという怪しげな者が、大奥へ出入りできていること自体、問題でございまする。たしかに大奥から自在に出られない女たちに代わって、買い物などの所用をする者が要りましょうが、その方法を変えてもよろしいのではございませんか。たとえば、五菜を女に限らせる、あるいは許しを与えた商家に七つ口での出店を許すなど」

加納近江守が付け加えた。

「……いや、今、五菜を廃するのは止めておこう」

吉宗が思案を終えた。

「これを利用する」

「五菜が竹姫さまを襲うのを、でございますか」

加納近江守が目を剝いた。

「そうだ。天英院の局を担当している五菜が竹を襲う。うまくその五菜を捕らえられれば、天英院を押さえこめよう。知らぬ存ぜぬでとおそうとするだろうが、なにもなしですまさぬ。さすがに天英院を殺すわけにはいかぬが、大奥から去らせるくらいはできよう」

「たしかにそうでございますが、竹姫さまに万一があっては……」

加納近江守が二の足を踏んだ。

「源左」

「そのようなこと、決してさせませぬ」

吉宗に声をかけられた村垣源左衛門が宣言した。

「五菜が、竹姫さまを襲うまでに片づけるのだな」

「それでは、意味がない。その場を押さえねば、罪を明らかにはできまい。竹姫の局側にいたところで、道に迷ったと言いわけされれば、咎められぬぞ」

確かめる加納近江守へ、吉宗が首を左右に振って見せた。

「なにを仰せられまするか。それでは、実際に竹姫さまを襲わせるおつもりでございまするか」

加納近江守が険しい目で吉宗を見つめた。

「さすがに、竹に手出しはさせぬぞ。躬以外の男が、竹に触るなど、させるわけにはいかぬ」

吉宗が怒った。

「では、どうなさいまする」

加納近江守が遠慮をなくし、吉宗へ迫った。

「ようやく、殿がお気に召す女《おなご》を見つけられた。そのお方さまに危難が及ぶのを、わたくしは許せませぬ」

かつて紀州で仕えていたころの口調に、加納近江守は戻っていた。

「お生まれのために、城へもあがれず、父君のお顔を見ることもなく、家臣の屋敷で肩身の狭い思いをなされていた殿は、我が子にも同じ思いをさせたくないと、女を近づけられませなんだ」

紀州家二代藩主光貞は、風呂番として背中を流していた吉宗の母に戯れで手を付けた。たった一度だけだったが、それで吉宗の母は孕んだ。

「生まれた子が女ならば、城へあげよ。男ならば、随意に任せる」

妊娠を告げられた光貞は、そう指示してあっさりと吉宗の母を城から放り出した。女ならば、城へというのは、姫はどこかの大名や公家と縁を結ぶ道具として遣えるからであった。対して男は、嫡男《ちゃくなん》がいる段階で、厄介者《やっかいもの》となる。うまく養子に出せればいいが、行き先がなければ、分家させるなど家の負担になるだけである。どころか、下手《へた》すればお家騒動のもとになる。

こうして吉宗は公子として扱われず、城下で育った。己に未来がないのだ。吉宗が子供ができるかも知れない女を近づけなかったのも無理はなかった。

「女を近づけぬ……そうでもなかったのだがな」

吉宗が苦笑した。

「殿」

茶化《ちゃか》そうとした吉宗を、加納近江守がたしなめた。

「…………」

吉宗が懐かしそうな顔をした。

「こうであったな、そなたは。変わらぬ。紀州を思い出すわ」

「……あっ」

加納近江守が気づいた。

「申しわけもございませぬ」

無礼を働いたにひとしいと気づいた加納近江守が、あわてた。

「いや、いい」

吉宗が手を振った。

「近江守、そなたの思いはうれしく思う。もちろん、竹になにかあるようなまねはせぬ。ただ、相手を嵌《は》めるには、それなりの用意が要る」

「上様」

考えを変えようとしない吉宗に、加納近江守が悲壮な顔をした。

「竹姫の局の襖に手をかけさせればいい。大奥の局はどこも襖絵が違う。道に迷ったという言いわけは使えぬ」

五菜は大奥への出入りを許されているとはいえ、決められた場所以外へ足を踏み入れることは厳禁とされている。

「上様……」

一度決めたことは変えない。吉宗の頑固さをもっともよく知っている加納近江守である。嘆息して、加納近江守がそれ以上の意見を止めた。

「ふふふふふ」

吉宗が低い声で笑った。

「竹に害を及ぼそうとしたのだ。その報いは受けてもらう。策で躬に挑んだことを後悔させてくれるわ」

「……上様」

見たこともない吉宗の暗い雰囲気に加納近江守が息を呑んだ。

二

山城帯刀の指示で、太郎こと野尻力太郎の家族が江戸から館林へと移された。

「伊賀者に、護送をさせるか」

話を受けたのは、耕斎たち伊賀の郷忍であった。

「その意味はわかっていよう」

耕斎へ山城帯刀が言った。

「どこでやる」

「こちらから指示を出す」

問うた耕斎に、山城帯刀が告げた。

「のんびりだと、館林に着いてしまうぞ」

「わかっている。長くとも十日ほどだろう。逃がさぬようにしっかり見張っていてくれ。もちろん、他人との接触はさせるな」

「念には及ばぬ。伊賀に任せれば、そこにいたという痕跡もなく人を消すなど、朝飯前だ」

耕斎が胸を張った。

「指示あるまで殺すなよ。ひょっとすれば使い道が出るかも知れぬ」

「日当だ。長引けば長引くほどこちらは儲《もう》かる。指示には従う」

先走るなと釘を刺した山城帯刀に、耕斎が笑った。

「のう、こんなことより、吉宗を殺《や》ったほうが話は早いだろうが。千両出せば、片づけるぞ」

聞かれただけで死罪になるような話を、耕斎が堂々と口にした。

「無茶を言うな。今、吉宗が死ねば、九代は西の丸にいる嫡男へいくだけで、殿には来ぬ。ちゃんと手配りをすませてからだ」

山城帯刀が否定した。

「それも代わってやってやるぞ。我らは近衛さまと近い。近衛さまに頼んでやる。

そうすれば、清武さまが将軍になることもできよう。ああ、礼金は別途もらうがな」

耕斎は江戸へ来る前に、京で近衛基凞と会い、御所忍《ごしょしのび》への就任を求めていた。

「慌てるな。とにかく、まだ早いのだ。朝廷だけで、将軍は決まらぬ。御三家や老中など、手を回しておかねばならぬところは多いのだ」

「面倒だの」

手配りが先だと言った山城帯刀へ、耕斎が首を左右に振った。

「まあいい。では、連絡を待っているぞ」

耕斎が、野尻力太郎の家族を連れて、江戸を離れた。

「これで一つ終わった」

江戸は将軍吉宗のものである。町方を始め、御庭之者や伊賀者などの探索方もいる。竹姫を襲うという暴挙は、吉宗の怒りを買う。怒った天下人がなにをするか。下手人をたどって裏にいる者を探し出そうとする。その生き証人たる野尻の家族が、見つかってはまずい。

「江戸では、死体を隠すにも困る」

屋敷の敷地に埋めるわけにはいかなかった。それこそ、掘り返されれば、言い逃れできなくなる。白骨になっていて面相がわからず、野尻との繋がりが証明されなかったとしても、敷地に死体があるだけで咎められる。

「館林ならば、いくらでもやりようがある。山もあれば、川もある」

山城帯刀が呟いた。

「問題は、後の策をどうするか……」

「よいのか」

独りごちた山城帯刀の頭上から声がした。

「……玄関から入ってこい」

山城帯刀が嫌な顔をした。

「忍に、玄関から訪《おとな》いをいれろと」

山城帯刀の目の前に落ちた藤川が笑った。

「それは、おまえの理屈だろう。儂はただの人であるぞ。天井に忍が潜んでいると思うと落ち着かぬ」

「気にするな。おぬしが女を抱いていようとも、我らは気にせぬ」

「儂が気になると申しておる」

からかわれた山城帯刀が、藤川を睨んだ。

「水城は元気だったぞ。伊賀の毒など役に立たぬではないか」

山城帯刀が藤川を怒鳴った。

「……すまぬ。謀《はか》られた」

素直に藤川は、失敗を認めた。

「郷の女忍は裏切ったのか」

「わからぬ。思ったよりも針が浅かったのかもしれぬ」

藤川は返答を避けた。

「情けないことだ。旗本の一人も討てぬとは、伊賀者もたいしたことはないな」

山城帯刀が皮肉った。

「くっ……」

事実の前に、藤川は反論できなかった。

「しっかりと宣戦布告していったわ」

悔しげに山城帯刀が頬をゆがめた。

「うぐっ」

藤川がうなった。

「なぜ、耕斎に言わなかった」

「言えば、先ほどの仕事を引き受けまいが」

訊いた藤川に、山城帯刀が苦い顔をした。

「今は、天英院さまの策が優先だ。うまくいけば、我らが手を出さずとも水城は終わる。竹姫さまが汚されたとなれば、吉宗は怒ろう。その怒りは防げなかった御広敷に向かう」

「たしかに。だが、水城は義理とはいえ吉宗の息子だぞ。そこまで厳しい罰を与えられるとは思えぬ」

「では、他にいい案があるのか、水城を仕留めるだけの」

否定した藤川を山城帯刀が厳しく指弾した。

「……水城のことは、もう、そちらの問題ではない。こちらの面目にかかわるのだ。一々どうするかなど言わぬ。仕留めたときに報告しにくる」

訊かれた藤川が逃げた。

「ではなに用で顔を出した。用がないならば、去れ。儂は忙しい」

山城帯刀が先を促した。

「竹姫を襲わせていいのか」

藤川が、懸念を表した。

「どうした」

真剣な藤川に、山城帯刀が首をかしげた。

「吉宗は、己が狙われるのを覚悟している。ゆえに、さほどの報復をせぬ。だが、大奥も女は別だ。竹姫になにかあれば、吉宗がどう出るか、御広敷だけでなく、大奥も……そして館林も」

藤川が慎重であるべきだと言った。

「これは天英院さまの策だ。我らはかかわりがない」

山城帯刀が言った。

「竹姫を襲う役目をするのが、館林の藩士でもか」

「太郎は、藩士ではない。辞めた者が、なにをしても知らぬ」

山城帯刀が建前を口にした。

「甘いぞ。吉宗がそれを認めるわけない」

「どうなるというのだ」

はっきりと首を左右に振った藤川に、山城帯刀の瞳が揺れた。

「もう一度言う。天下人を相手にするのだ。それを忘れるな」

藤川が大前提を口にした。

「天下人といえども、法は枉《ま》げられまい。将軍が恣意《しい》で法を変えれば、天下の信を失う。譜代大名、外様《とざま》大名らの不信を買う。傍系から入った吉宗に、それをするだけの度胸はあるまい」

山城帯刀が抗《あらが》った。

「いいや」

藤川が否定した。

「吉宗が傍系で、老中や御三家に遠慮しているという考えは捨てろ。もう、吉宗は将軍なのだ。将軍が家臣に気を遣うはずなどない」

「ふん。まだ、就任して数カ月ほどぞ。とても将軍としての肚などできておるまい。紀州あたりの、それも母は武家でさえない卑賤《ひせん》の出。本来ならば、紀州家で捨て扶持をあてがわれて糊口《ここう》をしのぐ身だ。君主として人の上に立つ気構えなどないわ」

山城帯刀が鼻で笑った。

「なにより、先代さまの叔父御ぞ、殿は。吉宗づれとは血筋の正しさが違う」

「…………」

うそぶく山城帯刀に、藤川が黙った。

「藤川」

「なんだ」

笑いを消した山城帯刀に、藤川が問うた。

「御広敷伊賀者のなかに手下を残してあると言ったな」

「……遣うつもりか」

確認してきた山城帯刀に、藤川が顔色を変えた。

「野尻力太郎の手助けをしてもらう」

「やめておけ。まだ切り札を出すときではないぞ」

藤川が拒んだ。

放逐されたとはいえ、御広敷伊賀者組頭だった藤川である。御広敷伊賀者たちへの影響力はしっかりと残していた。

「金のぶんくらい働け」

山城帯刀が藤川をにらんだ。

「…………」

藤川が口を噤《つぐ》んだ。

「雇用主の意見を聞いてもらうぞ。でなければ、扶持は終わりだ。いうことを聞かぬ犬を飼い続けるほど酔狂ではない」

冷酷に山城帯刀が告げた。

「……わかった」

飼い主を失った犬は、餌《えさ》をもらえなくなる。もちろん、野良犬として餌を盗み、食いつなぐという道もある。だが、いつまでもできるものではない。いつか体力が落ち、捕まるときがくる。病にかかってもそれまでなのだ。

藤川は折れた。

「なにをさせる。まさか、伊賀者に竹姫の局まで道案内をせいというのではなかろうな」

「それは、天英院付きの女中がしてくれる」

「天英院さまの女中が……よいのか。その女中も無事ではすまぬぞ」

聞いた藤川が尋ねた。

「お末一人くらい、どうでもよいことだ」

「…………」

藤川が沈黙した。

「伊賀者にして欲しいことは、野尻が局へ押しこむときに、抵抗した竹姫付きの女中たちが殺されたうえ、竹姫が犯されたただけであれば、その名誉を守るために、吉宗は公には動けぬ。目付や御広敷伊賀者を表立って遣えなくなる。せいぜい、御庭之者を出すくらいだ。裏と裏の戦いに将軍の権威は遣えぬ。となれば、我らが有利になる」

山城帯刀が述べた。

「そうかな……」

藤川が納得していない顔で言った。

「あと一つ」

「なんだ」

仕事を付け加えようとした山城帯刀に、藤川が警戒した。

「ことをすませたなら、野尻を殺せ」

「やはり」

藤川がなんともいえない顔をした。

「捕まって口でも割られれば、大事だからな。そうなる前に口を封じておかねばなるまい」

「死人に口なし」

「そうだ」

はっきりと山城帯刀がうなずいた。

「わかっているとは思うが、すぐには殺すなよ。あからさますぎる。一応、形としては、偶然竹姫を見かけた五菜が、劣情を我慢できずに襲ったとしたい。ことを為《な》すなり殺しては、待っていたようだからな。あるていど逃げたところで殺せ」

細かい指示を山城帯刀が出した。

「なるほどな。五菜は大奥へ入って当然。大奥のお陰で生きている五菜が、女中を襲うはずはない。吉宗が大奥入りしているときに、他の男が足を踏み入れるのは厳禁だが、そうでなければ御広敷伊賀者が五菜を見逃してもおかしくはない。騒動が起こって気づいた伊賀者が、逃げだそうとした五菜を討ち取った。これならば違和は薄くてすむ」

藤川が腑《ふ》に落ちたとうなずいた。

「わかったならば、行け」

「金を」

追い返そうとした山城帯刀へ藤川が手を出した。

「なんの金だ」

「御広敷伊賀者を動かすのだ。ただではいかぬぞ」

「おまえの配下だろうが。なにより、すでに井上真改の刀と五十両で話はすんでいる」

山城帯刀が強欲に過ぎると憤った。

「あれは、月光院と竹姫の始末代だ。五菜のぶんは含まれておらぬ。それに配下には違いないが、吾の金で雇っているわけではない。幕府の禄を食《は》んでいるのだ。幕臣を遣うに、情実だけでは無理だ」

「……いくら欲しい」

「今回は十両でいい」

藤川が金額を告げた。

「……そのくらいなら」

山城帯刀が認めた。

「ところで、竹姫をついでに片づけていいのだな」

「ならぬ」

あわてて山城帯刀が首を左右に振った。

「なぜだ。一回でことをすませられるのに」

藤川が首をかしげた。

「愛しい女が他の男に犯される。その衝撃を吉宗に与えたい。殺してしまえば、死んだという哀しみだけで終わる。吉宗に辛き思いをさせたいのだ。その後で、竹姫を殺せば、吉宗は絶望しよう。想い女を二度も守れなかったとなれば、吉宗も傷心しよう。そこに天英院さまから責め立てていただけば、心が折れて将軍位を退く気になるやも知れぬ」

山城帯刀が語った。

「……吉宗がそれほど弱いとは思えぬが、わかった」

金主のいうことは絶対である。藤川がうなずいた。

三

翌日、聡四郎は御広敷へ出勤した。

「休むとは、どうしていた」

小出半太夫が、聡四郎を睨みつけた。

「少々体調を崩しましたので」

聡四郎はあっさりと答えた。

「奥右筆への届けが出ていなかったようだが」

さらに小出半太夫が追及した。

「よくご存じでございますな。奥右筆から報告でもございましたか」

聡四郎は驚いた。

「問い合わせたのだ。いつ復帰してくるかわからぬでは困る。竹姫さまの御用が滞っては困るからな」

当然のことをしただけだと小出半太夫が平然と言った。

「それはご足労をおかけいたしました」

聡四郎は軽く頭を下げた。

「まったくである。大奥の御用は待ったなしだ。病とはいえ、休むようでは御広敷用人は務まらぬ。迷惑をかける前に、自ら身を退くことも勇気だぞ」

滔々《とうとう》と小出半太夫が述べた。

「上様より命じられたお役目でございますれば、恣意で辞めるわけには参りませぬ」

聡四郎は拒んだ。

「では、お役目を代われ」

「はあ」

意味を理解できず、聡四郎はみょうな声を出した。

「わからぬのか。儂と担当するお方を交換せいと言っておる」

小出半太夫が苛《いら》ついた。

「……なにを言われる」

聡四郎は表情を引き締めた。

「竹姫さまには、まもなく大きな行事があろう。その準備を、そなたができるのか。店の選択から、品物の手配など、世慣れた者でなければ難しかろう」

「大きな行事……竹姫さまからも上様からもなにもお伺いしておりませぬ」

聡四郎は首をかしげた。

「……言われねば動かぬのか、そなたは」

小出半太夫があきれた。

「…………」

言われた聡四郎は黙った。

吉宗とのつきあいも長くなる。まだ勘定吟味役であったころ以来、濃すぎるかかわりをもった聡四郎である。吉宗の気質もよく理解していた。吉宗は言われたことだけをこなす者を嫌い、先回りして動く者を好んだ。

「できまい。わかったであろう。身の程を知れ。御台所さまのお世話をするのは、儂こそふさわしい。御広敷用人でもっとも先任である儂でなければならぬ」

小出半太夫が宣した。

「御台所……」

その言葉で、聡四郎はやっと気づいた。

「たしかに、わたくしはまだ未熟でござる。しかし、先ほども申しましたように、竹姫さまの御用を承るべしと上様より命じられました。どうしても代わるべきだとお考えであれば、直接上様にお願いくださいますよう」

聡四郎は拒んだ。

「そなたがせよ」

「お断りいたしましょう。わたくしは竹姫さまにご挨拶を」

しつこく迫る小出半太夫を、聡四郎は振りきった。

「生意気な……わかった。上様にお話をしてこよう」

御広敷用人部屋を出ていった聡四郎の背中に、小出半太夫が怒りを投げた。


「……近江守さま」

怒りに身を任せ、足早に小出半太夫が、御休息の間へと近づいた。

「半太夫ではないか、どうした」

加納近江守が少しだけ目を大きくした。

もと紀州藩士同士である。今は将軍の側近である御側御用取次と御広敷用人に身分は離れたが、親しい仲であった。

「上様にお願いいたしたいことがございまして」

「……上様に」

加納近江守が首をかしげた。

「悪いが用件を聞かぬと、おぬしといえども、これ以上通すわけにはいかぬ」

御側御用取次は、その名のとおり、将軍家へ目通りを求める者の用件を聞き、取り次ぐかどうかを決める。内容によっては、老中の用件でも拒むことができた。

「わたくしが思いますに……」

小出半太夫が用件を告げた。

「竹姫さま付きになりたいというのだな」

加納近江守が親しげな口調を止めた。

「水城はまだ若く、十分世慣れておりませぬ。竹姫さまは上様の……」

「もういい」

語り続けようとした小出半太夫を、加納近江守が制した。

「……もういいとは」

小出半太夫が不満そうな顔をした。

「取り次ぐわけにはいかぬ」

加納近江守が告げた。

「なぜでござる」

「竹姫さまの御用は、上様が水城に直接お任せになられた。竹姫さまより水城ではならぬというお言葉でもあるならば、話は別であるが、そうではない。竹姫さまは、水城をお気に入りだと聞いている」

理由を求めた小出半太夫に、加納近江守が述べた。

「それは竹姫さまが、御広敷用人の仕事をよくご存じないからでございましょう。今まで専任の者がおりませなんだので、水城のような仕事ぶりでもご満足なされておられる」

「口が過ぎる。半太夫。竹姫さまを幼いと侮《あなど》るな」

加納近江守がたしなめた。

「そのようなつもりはございませぬが……」

「黙れと言った」

言いわけをしようとした小出半太夫へ加納近江守が怒声を浴びせた。

「うっ……」

厳しい声音に小出半太夫が黙った。

「竹姫さまはご聡明である。また、そうであらねばならぬ。その意味はわかるな」

「……はい。御台所さまになられるご器量が」

「わかっているならば、なにも言うな。上様は、水城に竹姫さまのことをご一任なされたのだ。そなたがとって代わることはできぬ」

加納近江守が小出半太夫を見つめた。

「失敗をいたすかもしれませぬぞ。水城が」

「…………」

まだあきらめない小出半太夫を加納近江守が冷たい目で見た。

「そうならぬように指導するのが、先達《せんだつ》の役目であろう。そなたはそれができぬと言うのだな。なればそなたこそ、役目を下ろさねばならぬ」

加納近江守が、小出半太夫の呼びかたを変えて叱った。

「それは……」

小出半太夫が顔色を失った。

「顔なじみの情けだ。今日のところは、上様になにも言わぬ。さっさと役目に戻れ」

「しょ、承知いたした」

温情をかけると言った加納近江守から、小出半太夫が逃げるように去った。

「愚かな」

見送った加納近江守が、嘆息した。

「お呼びでございまする」

小姓が、加納近江守へ声をかけた。

「ただちに」

加納近江守が、吉宗の前へ出向いた。

「誰か来ていたようだの」

御休息の間の前での遣り取りは、吉宗の耳に聞こえていた。もっとも詳細まではわからなかった。

「お気になさるようなことではございませぬ」

加納近江守が報告を拒んだ。

「そなたがそう申すならば、よかろう」

吉宗もそれ以上求めなかった。

「ところで、水城はどうしておる」

「本日より登城いたしておるようでございまする」

たった今小出半太夫から聞かされたばかりである。加納近江守が答えた。

「さようか」

吉宗がうなずいた。

「呼びまするや」

「用があれば、来るであろう」

問うた加納近江守へ、吉宗は首を左右に振った。

「ご苦労であった」

「では、わたくしはお役目に戻りまする」

御側御用取次は、御休息の間入り口に詰める。退がっていいと言われた加納近江守が平伏して出ていった。

「この先も遣えるかどうか、見せろよ、水城」

加納近江守の背中が見えなくなるのを待って、吉宗が呟いた。


大奥へ入った聡四郎は、御広敷座敷で鈴音《すずね》と面会していた。

鈴音は五摂家の一つ一条家の縁に連なる者で、竹姫を吉宗の継室とするために派遣された。家格によって当初中臈であったが、竹姫のことで吉宗を怒らせ、お次《つぎ》へと格を落とされた。

「もうよろしいのでございまするか」

休んでいたことを知っている鈴音が尋ねた。

「ご迷惑をおかけいたしました」

聡四郎は大丈夫だとも、休んでいた経緯なども話さず、ただ頭を下げるだけに止めた。

「ならば結構でございますが……」

選ばれて江戸へ送りこまれた鈴音は聡《さと》い。聡四郎が口にしない理由をすぐにさとった。

大奥での面会である。いかに御広敷用人は職務だとはいえ、女中と二人きりにはなれない。とくに現在大奥を二分して支配している天英院、月光院と確執を持つ竹姫付きの鈴音である。その言動はしっかり見張られていた。もちろん、竹姫付きの御広敷用人である聡四郎も同様である。

二人が対している御広敷座敷下段には、二人の女中が同席していた。形としては、二人に不義がないかどうかを見張っているが、そのじつは何を話すかの内容に聞き耳をたてているのだ。

「姫さまより、茶会の折りはご苦労であったとねぎらいのお言葉があった」

鈴音が竹姫の代理としてふさわしい口調にあらためた。

「畏れ多いことでございまする」

頭を垂れて聡四郎は受けた。

「上様のご臨席をいただけたのも、水城のお陰だとお喜びであった」

「身に余る光栄ではございまするが、わたくしはなにもいたしておりませぬ」

聡四郎は手をついた。茶会の次第はすべて吉宗の筋書きであった。聡四郎は詳しい内容も知らされず、ただ指示どおり動いただけであった。

「これをお届けいたしてくれるように」

聡四郎の態度を気にせず、文箱《ふばこ》を鈴音が差し出した。

「上様へ」

「さよう。竹姫さまが上様へお礼を認《したた》められたものじゃ」

確認した聡四郎へ、鈴音が首肯した。

「…………」

「……っっ」

見張っていた二人が息を呑んだ。

将軍へ書状を出す。これは、正室と側室、それも子を産んだお腹さまだけに許された特権であった。確かな決まりがあるわけではないが、上臈でも将軍への直訴に近い書状の遣り取りは遠慮している。密かにではなく、堂々と御広敷座敷で受け渡した書状を将軍へ出す。これは、竹姫が、吉宗の家族だという意思を表示したことになった。

「なんということを」

「お方さまにお報せせねば」

驚愕のあまり見張りの女中たちが我を忘れて、声を発した。

「なにか」

聡四郎は女中を睨んだ。見張り役の女中は発言しない慣習である。

「…………」

「……いえ」

二人の女中がうつむいた。

天英院、月光院の配下とはいえ、大奥女中には違いない。聡四郎が御広敷用人として、苦情を申し立てれば、相応の咎めを受けた。

「次はない」

鈴音も脅した。

「受けよ」

文箱を封じていた紐を鈴音が解《と》いた。解いた紐の先を聡四郎へ向けて投げるように出した。

「受け取りましてございまする」

近くに落ちた紐の先を聡四郎は手にした。紐は文箱に開けられた穴に通してあるため、そのまま紐を引いて、引き寄せられる。

大奥には妙な慣習がいくつもあった。その一つに、文箱の紐があった。大奥で使う文箱を縛る紐は、解けば一間（約一・八メートル）ほどになるほど長かった。これは、書状の遣り取りを表役人としなければならないとき、一定以上近づかなくてすむようにとの気遣いであった。鈴音のように紐を投げて、文箱の受け渡しをすれば、不義を疑われることはない。

「…………」

受け取った文箱を一度目よりも高く捧げて、聡四郎は紐を何重にも文箱に巻き付けてから結んだ。

「他に御用はございませぬか」

文箱を抱えたまま、聡四郎が問うた。

「紙と墨を手配せよと、姫さまが仰せである」

鈴音が告げた。

「上様への文を」

「文を続けてお交わしなさりたいとのご希望である」

念のためにと訊いた聡四郎に、鈴音がうなずいた。

「ならば、よきものをご用意させていただかねばなりませぬな」

「頼みまする。竹姫さまのお心が少しでも伝わるように」

用はすんだ。鈴音が言葉遣いを柔らかいものに戻した。

「そちらからはなにか」

鈴音が聡四郎へ水を向けた。

「一つお願いがございまする。女中を一人お側で召し使っていただきたく」

聡四郎は袖を竹姫のもとへ預けるつもりであった。

「女中でございまするか。姫さまや鹿野さまのご意見を伺わねばなりませぬ。しばし、お待ちくださいますよう」

「ご返答は明日、紙と墨を調えて参りますときでよろしゅうございまする。まずは上様へお届けいたさねばなりませぬ」

そこまで急がなくてもいいと聡四郎は言った。

「ふふっ……わかりましてございまする」

これ以上、大奥に留め置かれるのは勘弁して欲しいと聡四郎が願っていると読んだ鈴音が、手を口に当てて笑った。

「では、これにて」

聡四郎は立ちあがった。

見送った鈴音が、竹姫の局へ戻ってきた。

「まちがいなく、お文を水城に託しましてございまする」

鈴音が報告した。

「ごくろうであった」

竹姫がねぎらった。

「いかがであった。水城はつつがなかったか」

「はい。病で休んでいたわけではございますまい」

訊かれた鈴音が答えた。

「ほう。なにかあったな」

幼いとはいえ、権謀《けんぼう》渦巻く大奥で育ったのだ。竹姫もそれくらいは見て取れる。

「おそらくかかわりあるのでございましょう。水城から、女中を一人預かっていただきたいとの申し出がございました」

鈴音が伝えた。

「女中を……先日も一人来たはずじゃ」

竹姫が信頼する中臈の鹿野へ顔を向けた。

「一人どころか四、五人でも大事ございませぬ。姫さまは、もう忘れられたお方ではございませぬ。天英院さま、月光院さまに代わって、大奥へ君臨なさるのでございまする」

鹿野が誇らしげに胸を張った。

「おおげさなことは好まぬ。なにより、まだなにも決まってはおらぬのだぞ」

竹姫があきれた。

「……申しわけございませぬ。浮かれてしまいました」

鹿野がうなだれた。

「よい。ともに苦労してくれた鹿野である。妾はそこまで想ってもらえると知ってうれしいぞ」

「お優しい」

宥《なだ》める竹姫に、鹿野が涙ぐんだ。

「なにはともあれ、水城が連れてくる女中ならば、安心であろう。迎えてよいな」

「お心のままに」

竹姫の確認に、鹿野が首を縦に振った。

四

大奥を出た聡四郎は、文箱を大事に抱えて、御休息の間へと進んだ。

「水城、大丈夫か」

御休息の間の入り口に座っていた加納近江守が、気づいた。

「ご心配をいただきましたことをお礼申しあげます」

足を止めて、聡四郎は深く一礼した。

「詳細を聞かせてもらえるな」

「はい。その前に……」

聡四郎は文箱に目を落とした。

「……竹姫さまからか」

つられて目を向けた加納近江守が、文箱に散らされた竹の模様に気づいた。

「上様へお届けするようにとお預かりして参りました」

主たる用件を聡四郎は告げた。

「わかった。ついて参れ」

加納近江守が、先に立った。

「上様、御広敷用人水城聡四郎、竹姫さまより書状を預かって参りました」

御休息の間下段襖際で一度膝をついた加納近江守が述べた。

「おう、竹からの文か。苦しゅうない。聡四郎、ここまで持ってこい」

吉宗が手招きをした。

「ただちに」

本来ならば、膝行《しっこう》して上段へ近づき、小姓に手渡すのが礼儀である。しかし、吉宗は気が短い。礼儀よりも速さを要求する。

聡四郎は小腰を屈《かが》めつつも、大股《おおまた》に吉宗のもとへ近づいた。

「こちらでございまする」

両膝をそろえて腰を下ろし、捧げるようにして文箱を差し出した。

「大儀《たいぎ》」

受け取った吉宗が左手を振った。

「はっ」

下がれとの合図である。聡四郎はもとの場所へと控えた。

「面倒だな、この紐は」

解くのに手間がかかる長い紐に、吉宗があきれた。

「ここから変えねばならぬか」

吉宗が苛立った。

「面倒だ。懐刀をよこせ」

後ろに控えている小姓へ、吉宗が手を出した。

「上様……」

加納近江守があわてて止めた。

「なんだ」

「水城」

止めるだけ止めた加納近江守が、説明を聡四郎へ投げた。

「……その紐は、上様の御寿命を表しているとのことでございまする。ゆえに、長くなっていると大奥では言い伝えられておりまする」

聡四郎が説明した。

「誰が言った」

「御広敷用人になりました折りの挨拶で、大奥の表使《おもてづかい》より聞きましてございまする」

「表使か」

大奥表使は、さしたる身分ではないが、表との交渉や大奥で購入する物品すべてを差配する重要な役目である。多忙を極めるうえに、ややこしい慣習慣例にもつうじてなければならず、賢い女でないと務まらなかった。

「一度文箱の紐が長すぎ、余計な手間がかかると苦情を申し立てた表役人がおったそうでございます。そのおり、大奥が紐を短くするのを拒む理由として告げてきたとか」

詳細を加納近江守が語った。御側御用取次は、将軍に目通りを願うすべての役人と面談しなければならない。加納近江守は就任直後から、城中の慣習について学んでいた。

「これが躬の寿命を……このような紐一つで左右されるものではないわ。なにより、紐がそれだけの効果があるならば、家継どのは八歳で亡くなったりなさらぬ。これ一つを見ても、馬鹿な迷信とわかるではないか」

吉宗があきれはてた顔をした。

「だが、竹がその思いを紐に託したのならば、尊重せねばの」

しかめ面を吉宗が緩めた。

「…………」

あの厳格な吉宗が、竹姫の文一つで和らぐ。あらためて聡四郎は女の持つ力に、驚いていた。

「解けた。どれ……」

ようやく出せた文を、吉宗が読んだ。

「そうか。そうか」

読み終えた吉宗が、満足そうにほほえんだ。

「聡四郎」

「はっ」

呼ばれた聡四郎は、頭を少し垂れた。

「竹より願いがあったそうだな」

「はい。紙と墨をお望みでございまする」

聡四郎は先ほど鈴音から聞かされた求めを告げた。

「任せる。よいものを手配いたせ。近江守、どこか紙でよいところはないか」

吉宗が聡四郎に命じた後、加納近江守へ問うた。

「紙ならば、日本橋の灰原《はいばら》屋が有名でございまする」

すぐに加納近江守が答えた。

「ありがとうございまする」

尋ねたのは吉宗だが、答えが要るのは己である。聡四郎は両手をついて礼を述べた。

「一つお願いがございまする」

聡四郎は顔だけ上げた。

「一同、遠慮いたせ」

竹姫の文をていねいに折りたたんだ吉宗が、御休息の間にいた小姓たちを追いやった。

「……聡四郎」

小姓と小納戸《こなんど》が出ていくのを待って吉宗が手招きした。

「小声で聞こえるところまで来い」

「ご無礼を」

「…………」

聡四郎と加納近江守は、御休息の間上段へと伺候した。

「なにがあった」

近くに来いと言っておきながら、吉宗の声は普段どおりであった。

「……狙われましてございまする」

声をひそめて聡四郎は経緯を語った。

「伊賀の郷忍と前の御広敷伊賀者組頭か」

「はい。郷忍が女忍に毒針を渡し、藤川が結果の見届けだったかと」

確かめた吉宗に、聡四郎は同意した。

「むうう」

加納近江守が唸った。

「馬鹿どもが……」

吉宗が嘆息した。

「おとなしくしておれば、生きるくらいは見逃してやったものを」

重い声で吉宗が述べた。

「で、女忍をどうする。そのまま屋敷に置いてはおけまい。裏切ったとわかれば、狙われるぞ。願いとはそれであろう」

「竹姫さまのもとへお預けいたそうかと」

訊いた吉宗へ、聡四郎は言った。

「……警固だな。竹姫の守りをさせる」

吉宗が聡四郎の真意を理解した。

「はい」

聡四郎は首肯した。

「くのいちではないのか」

吉宗が真剣な目つきになった。

くのいちとは、女という文字を分解すれば、くとノと一になることから、女忍を意味する忍の隠語である。だが、それとは別の意味もあった。

九人のうち一人でも成功すればいいという、忍独特の戦略であった。多くの忍を派遣して、そのほとんどが倒れても、一人が目的を達成すれば、任は成功したことになる。まさに決死の術であった。

「ご懸念には及ばぬと思いまする。あの女忍が狙うのは、わたくしと家士の大宮玄馬でございまする。竹姫さまには、恩讐《おんしゆう》はございませぬ」

「なにを言うか。あやつは竹の代参を襲ったぞ」

吉宗が反論した。

深川八幡宮《ふかがわはちまんぐう》へ吉宗の武運長久《ぶうんちようきゆう》を祈願しに出た竹姫の行列を伊賀者が襲った。そのなかに袖がいた。

「女忍の狙いは、わたくしと大宮玄馬を釣り出すこと。無礼は承知のうえで申しあげまするが、竹姫さまはそのための餌」

「餌か……はははは」

吉宗が大声で笑った。

「豪勢な餌だな。なにせ、躬が一緒に付いてくるのだ」

「畏れ多いことで」

聡四郎は恐縮した。

「よかろう。竹のことは、もともとそなたに任せたのだ」

吉宗が認めた。

「上様」

「ただし、これで竹の身になにかあれば、そなたの腹一つではすまぬぞ」

笑いを消した吉宗が冷たく告げた。

「承知いたしておりまする」

間髪《かんはつ》を容《い》れず、聡四郎は応じた。

「いつ大奥へ入れる」

「まだ傷は完全に癒えてはおりませぬが、できるだけ早くと考えておりまする」

屋敷に袖を滞在させる期間が長くなればなるほど、伊賀の郷忍にその生存を突き止められる可能性が高くなる。

「うむ。だが、身動きもできぬ警固では、足手まといでしかないぞ」

聡四郎の案に、吉宗が注意した。

「そこは十分に」

留意すると聡四郎は答えた。

「わかった。退がれ」

「はっ」

目通りは終わったと吉宗に言われた聡四郎は深く手をついた。


「よろしゅうございまするので」

聡四郎を見送らず、残っていた加納近江守が訊いた。

「御広敷伊賀者の報告もある。伊賀の女忍はこちら側だろう」

「いえ、それではございませぬ」

吉宗の言葉に、加納近江守が首を左右に振った。

「ふん。源左」

鼻先で笑った吉宗が、天井を見あげた。

「小納戸一人が、御休息の間外の入《い》り側《かわ》を掃除する振りをしながら、聞き耳を立てておりました」

天井から村垣源左衛門の声がした。

「どこに繋がるか、見ておけ」

「……先を見届けた後は」

命じた吉宗へ、村垣源左衛門が尋ねた。

「しばらく放っておけ。すぐに始末しては、警戒をまねく。ただし、逃げ出すようならば、遠慮は要らぬ」

「ご指示のとおりに」

村垣源左衛門の気配が消えた。

「小姓は把握しておりましたが……小納戸とは」

加納近江守が申しわけなさそうに、うなだれた。

小納戸は将軍の身の回りの雑用をする。御休息の間の掃除、夜具の用意、配膳などを担当した。小姓に比べると格式は低いが、将軍の側近くで仕事をするため、目に留まりやすく、小納戸から小姓や勘定組頭などへと転じていく者も多い。五百石ていどの旗本にとって、小納戸は垂涎《すいぜん》の役目であった。

「これからは毒味をより厳重にいたしませぬと」

難しい顔を加納近江守がした。

「不要だ。毒味は今までどおりでいい」

吉宗が拒んだ。

「しかし、小納戸のなかに敵の手が……」

加納近江守が顔色を変えた。

将軍の膳をしつらえるのも小納戸の仕事である。毒を忍ばせようと思えば、いつでもできた。

「利に釣られるようなやつが、命がけで躬に毒を盛れるはずはない」

吉宗が嘲笑した。

「考えてみろ。将軍が毒殺された。となれば、どうなる。少なくとも食事を作った台所役人、配膳を担当する小納戸、毒味相伴《しょうばん》をする小姓、これらすべてに罰は与えられる。その身は切腹、家は取り潰し、一族は放逐だ。躬が死に、雇い主が将軍となったとき、見合うだけの褒賞を得る約束が、消え去るのだ。己の死と引き替えにな。死ぬとわかっている任に身を投じられる連中なら、盗み聞きなどというまねはすまい」

あからさまな侮蔑《ぶべつ》を吉宗は見せた。

「たしかに、仰せのとおりでございますな」

加納近江守が納得した。

「紐付きとわかれば、それはそれで利用できる。少なくとも後ろにいる者の正体を突きとめる道具としてな。うまく、仲間と接触してくれれば、一網打尽にできるしの」

吉宗は小納戸を逆に遣うつもりでいた。

「ところで上様、竹姫さまを五菜が襲う件を水城に伝えずともよろしかったのでございまするか」

なにも言わなかった吉宗へ、加納近江守が問うた。

「水城に腹芸はできぬ。教えれば、すぐに動き回る。さすれば、敵に報せることになる」

「それであきらめてくれれば……」

「火種が残ったままだぞ」

未然に防ぐべきではないかと言った加納近江守へ、吉宗が厳しい目をした。

「前も言ったであろう。そなたは心配しすぎだ」

吉宗がため息を吐いた。

「仕掛けさせれば、五菜を処罰できる。大奥へ入れた敵の手を一つ潰せる。さらに、指示した天英院を脅すこともできよう。すべて知っていると報せてやれば、みずから大奥を出ていくだろう。将軍の寵姫《ちょうき》を汚せと命じたのだ。報復は死しかないとわかっているだろうからな。どうだ、これだけの効果が狙える。だが、未然に中止されては、五菜は殺せぬ、天英院に手出しはできぬではないか」

吉宗が述べた。

「上様、あえて苦言を呈させていただきまする」

加納近江守が背筋を伸ばした。

臣下が主君の前で、背筋を伸ばす。それは命をかけた諫言《かんげん》をするとの意味であった。

「申せ」

許可した吉宗も姿勢を正した。

「やはり竹姫さまを囮《おとり》として遣われるのは危のうございまする。どれだけ注意していても、人のやることに絶対はございませぬ。竹姫さまの御身に万一があれば……」

加納近江守が述べた。

「近江、そなたの心遣い、躬はうれしい。なれど……近江。躬は竹姫が汚されようとも変わりはせぬ。惚れた女ぞ。傷の一つや二つ気にはせぬ」

吉宗が否定した。

「上様はお気になさりますまい。ですが、他の者はどうでございましょう。下賤の男に身を汚された竹姫さまを御台所さまとして認めましょうや」

「躬が認めさせる」

危惧する加納近江守へ、吉宗が力強く宣した。

「上様の前では、おとなしくいたしましょう。ですが、裏では……」

大奥は女の城である。

「ううむう」

吉宗がうなった。

いかに竹姫のことを気に入ろうとも、将軍たる吉宗が四六時中側にいるわけにはいかない。いや、側にいるときのほうが、短い。吉宗の目の届かないところで、なにかされるかも知れなかった。

「竹に馬鹿を仕掛けた者を、躬は許さぬ」

険しい顔で吉宗が言った。

「竹姫さまが、お告げになられましょうや。何某にこのような無礼をされたと」

「む……竹が躬に隠しごとをすると」

吉宗の機嫌が悪くなった。

「竹姫さまは、すべてを上様に縋られるようなお方ではございませぬ」

「…………」

加納近江守に言われた吉宗が沈黙した。

「かならずや、上様へご心配をおかけするわけにはいかぬ、己だけが辛抱すればすむとお一人で……」

「……たしかに」

吉宗も認めた。

「竹に負担をかけてはいかぬな」

ようやく吉宗が表情を緩めた。

「源左」

もう一度吉宗が御庭之者を呼んだ。

「遠藤湖夕へ申しつけよ。五菜が竹の局の上の間へ足を踏み入れたところで、捕らえよと」

村垣源左衛門がいるかどうかも確かめず、吉宗が口にした。

「承って候《そうろう》」

天井裏から返答が落ちてきた。


加納近江守に注意された小出半太夫は、大奥で月光院付きの上臈松島《まつしま》との面談を申しこんだ。

「何用じゃ」

松島が尊大な態度で応対した。

上臈は老中と同じだけの格を与えられる。そこらの大名ならば、呼び捨てにできた。たかが六百石内外の御広敷用人など、相手にならない権を持っている。

「お耳に入れたき儀がございまする」

低姿勢で小出半太夫が言った。

「言うてみよ」

松島が促した。

「竹姫さまのことでございまする」

「……竹姫さまの」

松島が眉をひそめた。

竹姫と松島では、竹姫が上になった。まだ、竹姫は吉宗の御台所ではないが、五代将軍綱吉の養女である。上臈は将軍の養女よりも格式は低い。もっとも実際の権力でいえば上臈が勝つ。

「上様が準備をと、竹姫さま付きの用人水城聡四郎に命じられたようでございまする」

なにの準備かは告げず、小出半太夫が言った。

「…………」

松島が沈黙した。

「わたくしもお手伝いをと申し出たのでございますが……」

「そなたもお方さまの敵に回ると言うか」

きつい目付きで、松島が小出半太夫を睨んだ。

「御側御用人さまより遠慮いたせと。竹姫さまの御用は、すべて水城が一人でおこなうべきであるとの仰せでございました」

「……ほう」

松島が目を細めた。

「ご苦労であった」

あっさりと松島が立ちあがった。

「そなたのようにお方さまを敬ってくれる者が、大奥の差配を任されるべきであり、ひいては表の重き役目を担うべきである」

松島が小出半太夫を褒めた。

「畏れ多いことでございまする」

小出半太夫が礼を述べた。

「お方さまより、執政衆にお言葉を願おう。御広敷用人の筆頭職を作り、それにそなたを就けるようにとな」

「かたじけなき仰せ」

強く小出半太夫が額を畳に押しつけた。

「……これからも頼むぞ」

言い残した松島が、裾をさばきながら御広敷座敷を出ていった。

「まずは、一手」

平伏したまま、小出半太夫が呟いた。

大奥から所用を命じられた御広敷用人は、その足で下城をする。聡四郎も吉宗との目通りを終えるなり、御広敷へ戻ることなく、江戸城を離れた。

「日本橋の灰原屋であったな」

聡四郎は竹姫の求める紙と墨を購うために、大手門を背にまっすぐ歩いた。

「早かったな」

しばらくすると聡四郎の横に、入江無手斎が並んだ。

「師……」

聡四郎は驚いた。

いつもの下城時刻よりもずいぶんと早い。聡四郎は迎えに来てくれる入江無手斎と会う前に、用事をすませてしまおうと、足早に歩いていた。そこへ入江無手斎が登場したのであった。

「いつから、お待ちくださったのでございましょうや」

「ずっといたぞ」

「……朝からでございますか」

答えに聡四郎は目を見張った。

聡四郎の登城は、おおむね朝の五つ（午前八時ごろ）である。屋敷を出るときではなく、城へ着くのが、この刻限なのだ。

今は昼を過ぎて、そろそろ八つ（午後二時ごろ）になる。入江無手斎は三刻（六時間）からを、大手門前の広場で待っていたことになる。

「することもないしの。そのへんにいる他家の者と語らうのもなかなかな」

入江無手斎が、たいしたことではないと笑った。

「畏れ入りまする」

片腕の動きを失い、剣術遣いとして道を失った入江無手斎を、聡四郎は道中警固役として抱えていた。

「師」

「なかったぞ。今のところはな」

気配の有無を問うた聡四郎へ、入江無手斎が首を左右に振った。

「袖を大奥へ入れまする」

「終生奉公か」

「いいえ。最下級のお末という、目見えもかなわぬ身分でございまする。望めばいつでも大奥を出られまする」

訊いた入江無手斎に、聡四郎は答えた。

「ならばよかろう」

入江無手斎がほっと息を吐いた。

「玄馬でございまするな」

「気づいていたか」

言った聡四郎に、入江無手斎が驚いた。

「さすがに、わたくしでも気づきまする」

聡四郎が不満を口調に乗せた。

「いや、すまぬな。なにせ、紅どのを長く口説けなんだおぬしだでな。男女の機微《きび》などわからぬとばかり思っていたわ」

笑いながら入江無手斎が詫びた。

「師……」

「怒るな」

入江無手斎が真顔になった。

「ことが終わってからの話とはいえ……」

「……うまくいって欲しいものでございまする」

二人が顔を見合わせた。

「哀しい話は、もう十分だ」

小さく入江無手斎が呟いた。

第四章　紅の願い

一

袖が大奥へあがることになった。

「大事ないのか」

小袖を着こみ、帯を締めた袖に大宮玄馬が不安そうな顔で訊いた。

「……うむ。少し引きつる感じはあるが、痛みはほとんどない」

身体をひねったり、曲げたりを数回した袖がうなずいた。

「無理はするなよ」

大宮玄馬が抑えるように手を出した。

「己が斬った女を気遣うとはの」

小さく袖が嘆息した。

袖の背中に生涯消えない傷をつけたのは、大宮玄馬であった。襲われた竹姫を守るための戦いを強《し》いられていた聡四郎と大宮玄馬の隙を狙ったのが袖であった。その袖を殺さず、攻撃力を奪うため、大宮玄馬がその背中を割った。深くはないが、大きく肩下から、腰までの傷は、ようやくくっついたばかりで、まだ完治にはほど遠い。しかし、その完治を待っている余裕はなくなった。

「当たり前だ。でなければ……」

「殺していたか」

大宮玄馬がわざと言わなかったことを、袖が口にした。

「…………」

「ふくれるな」

不満げに黙った大宮玄馬に、袖が笑った。

「感謝している」

袖が笑いを消した。

「生きているのがこれだけ楽しいとは思わなかった。それを知った。あのとき、殺されていれば、この高揚を知らなかった」

「袖どの……」

大宮玄馬が、袖を見つめた。

「吾は、あの日まで生きていなかった。おぬしに斬られたとき、伊賀の郷忍は死んだ。そして、吾が生まれた」

袖が目を閉じた。

「はっきりと言う。吾は兄を殺された恨みを持っている」

「……くっ」

袖の兄は、京の伏見《ふしみ》で聡四郎たちを襲撃し、大宮玄馬に討たれていた。袖はその恨みを晴らすため、伊賀の掟にしたがって、江戸まで聡四郎と大宮玄馬を追ってきた。

「頭では、兄が悪いとわかっている。いや、伊賀の郷の命にしたがった兄も悪くはない。とはいえ、それはこちらの理屈だ。そちらには、なんの罪もない。もともと出が、あの愚かな江戸伊賀者組頭の思いこみだ。すべては藤川が発端であり、あやつのせいだ」

袖の顔色が変わった。

「だから、吾は藤川を深く恨んでいる」

言いながら、紬が大宮玄馬を睨んだ。

「兄を直接殺したのは、おまえだ」

「…………」

紬から発せられた殺気に、大宮玄馬は息を呑んだ。

「たった一人の身内を殺された。先に仕掛けたのはこちらで、理もそちらにあるとはわかっている。そのうえ、吾の命を助けてもらった」

顔を苦渋でゆがめながら、紬が続けた。

「心のなかが、ぐちゃぐちゃで、どうすればいいのか、まったくわからないのだ」

紬が悩んだ。

「無理に今答えを出さずともよかろう」

二人きりの部屋の襖が開いた。

「師」

「無手斎どのか」

入ってきたのは入江無手斎であった。入江無手斎は、紬を大奥の出入り口である平川門《ひらかわ》まで連れていくため、聡四郎を一度大手門まで送って、戻ってきたのである。

「人の一生は長い。答えなんぞ、死ぬまでに出せばいい。いや、出さなくてもよいのかもしれぬ。一生かけるだけの値打ちがあるものなど、そうない」

入江無手斎が遠い目をした。

「師……」

大宮玄馬が入江無手斎の思いを悟った。入江無手斎が剣にすべてを費やし、その過程で多くの敵を葬り去ってきた経緯を大宮玄馬は知っていた。

「人はなんのために生きているのか、それを考えて来るがいい、女の城でな」

入江無手斎が紬を見た。

「生きる意味を探れと」

「そうだ。さすれば、そなたの心に答えは出る」

確かめるように問うた紬へ、入江無手斎がうなずいた。

「答え……」

紬が呟いた。

「まあ、答えはすでにそなたの側にあるのだがな」

入江無手斎の口調が柔らかくなった。

「なんだと。どれが答えだ」

紬が入江無手斎へ迫った。

「近い、近いわ。まったく、嫁入り前の娘が、男の五寸（約十五センチメートル）手前に顔を出すな」

入江無手斎が、一歩引いた。

「教えろ、答えを」

離れただけ袖が、間合いを詰めた。

「ほう。怪我をしていながら、これだけ身体の捌きがなめらかとは……」

入江無手斎が袖の体術に感心した。

「袖どの。落ち着かれよ」

大宮玄馬が、後ろから両手で袖の肩を押さえた。

「しかし……」

止められた袖が振り向いた。

「師に勝てるわけがない。吾も足下に及ばぬのだ」

小さく大宮玄馬が首を左右に振った。

「それほどか」

袖が目を剝いた。

「人を超えておられる」

大宮玄馬が述べた。

「…………」

もう一度入江無手斎へ袖が目を戻した。

「人を化けもの呼ばわりするな」

入江無手斎が苦笑した。

「答えは、いつも己のうちにある。剣の道でも、男の道でも、女の道でもな」

じっと二人を見て、入江無手斎が告げた。

「ああ、こんな抹香《まっこう》臭い坊主のような説教をするようになるとは、儂も老いたな」

雰囲気を入江無手斎が壊した。

「さて、そろそろ参ろうか」

「わかった」

入江無手斎に促された袖が首肯した。

「供できぬ」

大宮玄馬が残念そうに言った。

屋敷に残る紅の警固を、大宮玄馬は聡四郎から任されていた。将軍吉宗の養女でもある紅ほど、人質としての値打ちがある者はいない。警固が外れれば、まちがいなく掠《かす》められる。

「わかっている。世話になった」

袖が大宮玄馬へ顔を向けた。

「帰ってきたとき……」

言いかけた袖が、口ごもった。

「なんだ」

大宮玄馬が訊いた。

「もう一度、戦ってくれ」

「なぜだ」

もう敵対はしていない。どころか味方である。味方同士で戦う理由を大宮玄馬は見いだせなかった。

「さすれば、答えが出そうな気がするのだ」

理由を袖が述べた。

「答え……そうか。わかった。そのときがくれば、立ち合おう」

求めに大宮玄馬は応じた。

「いつまで手を肩に置いている」

見つめ合っている二人に、入江無手斎が心底あきれたという表情を浮かべた。

「あっ」

「わっ」

あわてて二人が離れた。

「ふん。若いというのはいいの。年寄りには決してできぬことをあっさりしてのけられる」

入江無手斎がすねた。

「申しわけございませぬ」

大宮玄馬が詫びた。

「よいさ。行こうか。あまり遅くなると聡四郎を待たせることになる」

先に御広敷で袖受け入れの態勢を整えた聡四郎と、平川門で待ち合わせをしている。

「ああ」

袖がうなずいた。

「気をつけていきなさい」

紅が玄関まで見送りに出た。

「世話になった」

袖が礼を言った。

「なにもしちゃいないわ。あたしは、旦那さまと玄馬さんを襲ったあなたを許してはいないから」

「…………」

厳しい言葉に、袖が黙った。

「あなたも同じはずよ」

「……ああ」

少しためらった袖が首肯した。

「たいせつな人を奪われる。これがどれほど女にとって辛いことか、あなたはわかったはず」

「骨身にしみてな」

袖が同意した。

「だから、お願い」

紅が頭を垂れた。

「なにを……」

深く頭を下げられた袖が驚愕した。

「竹姫さまを守ってあげて。竹姫さまにとって上様は、やっと見つけたたいせつな人。その人の側にいられるように竹姫さまは願っておられるだけ」

「吉宗を守るのは、吾ではないぞ」

竹姫の大切な人である吉宗の警固をするわけではないと、袖が否定した。

「……側にいられなくならないようにしてあげて欲しいの」

「側にいられなくなる……」

言われた袖が怪訝な顔をした。

「女なのよ、竹姫さまは。女が好きな男から、心に染まぬ理由で離れなければならなくなるのは……」

「身を汚されたとき、あるいは見られない容姿になったとき」

頭を下げたまま見あげた紅の目で、見つめられた袖が気づいた。

「そう」

顔をあげた紅がうなずいた。

「ようやく生まれてきた理由を見つけたの、竹姫さまは。女として男に望まれ、望むという当たり前のことが、やっとできるようになった。それを壊させたくない。

そのためならば、あたしはいくらでも頭を下げる」

ふたたび紅が、頭を垂れた。

「女として……」

袖が繰り返した。

「吾にはわからぬものだが……」

戸惑った表情で、袖が続けた。

「命をかけるだけの価値があるというのだな」

「いいえ」

大きく紅が首を左右に振った。

「命はだめ。身体の傷、心の痛手、どちらも時と、そして真実《まこと》から想ってくれる人の助けがあればいつかは癒える。でも、死んでしまえば終わり。どれだけ還《かえ》ってきて欲しいと泣き叫んでも、人は蘇《よみがえ》りはしない。だから、命はかけないで。危ないというところで逃げなさい」

「矛盾したことを」

袖が混乱を強くした。

「竹姫を守れ。でも、命を失いそうになれば逃げろ。どちらなのだ」

「わかんないわよ」

紅が素《す》を出した。

「両方、やって見せなさいよ。あんた、女忍なんでしょうが」

「なんで、怒《おこ》られねばならぬ」

真っ赤になって力説する紅に、袖が困惑した。

「いい加減になされよ」

入江無手斎が間に入った。

「できるだけのことをする。それでいいではないか。人の命も、置かれた立場も、己の思い通りにはならぬものだ」

「はい」

「そうだな」

諭された紅と袖が納得した。

「では、さらばだ」

袖が別れを告げた。

「いってらっしゃい」

紅が別れではない言葉を紡《つむ》いだ。

「…………」

応えることなく、紬が屋敷を出ていった。

「玄馬さん」

閉まりつつある大門を見ながら、紅が声をかけた。

「はい」

大宮玄馬が大門から目を紅へ回した。

「お願いね。旦那さまとお師さまと……そしてあの娘の帰る場所を」

「お任せくださいませ」

決意の籠《こ》もった眼差しで、大宮玄馬が宣した。

二

山城帯刀から責め立てられた藤川は、手を打たざるを得なくなった。

「水城が無事であった。いかに針の入りが浅くとも、伊賀の毒が入ったならば、三日やそこらで歩き回るほど回復するはずはない」

藤川は紬が裏切ったと読んでいた。

「郷も落ちたな」

袖の裏切りを、藤川は伊賀の郷忍の質が劣化したせいだと不満を漏らした。

「本来ならば、郷忍に責を負わすべきだが……あいにく今はいない」

郷忍は、太郎の家族を人質にすべく、館林へ護送中で江戸にはいなかった。

「まず、袖は生きている。刺していないのだから、そう考えるしかない」

藤川が思案のうちに呟いた。

「となれば、そのまま袖を屋敷に匿《かくま》い続けることはないだろう。伊賀の郷にとって、女忍の裏切りは、大罪だ。かならず殺そうとする。いかに水城と従者、師匠が強かろうとも、寝ずの警戒は続けられぬ。どこかで破綻《はたん》する……」

目を閉じて藤川が思案した。

「袖をどこかへ移すはずだ。それも目立たぬようにな」

藤川が結論にいたった。

「そのときを襲って、袖を討てれば、郷忍を押さえこめる。裏切り者の始末を付けてやったのだからな。たとえ討てずとも、袖がどこに動いたかを調べるだけでも、郷忍に恩は売れる」

御広敷伊賀者組頭という地位と手足のごとく使える配下を失った藤川にとって、

郷忍へ貸しを作る意味は大きい。

「かといって、儂では見抜かれよう」

聡四郎とは何度も顔を合わせている。だけでなく、大宮玄馬、入江無手斎ともやり合ったのだ。顔はさらしていないが、剣術遣いは相手の放つ雰囲気だけで、識別してくる。

「顔を知られていない者で、それなりに役に立つ者。御広敷に残してきた手下を、ここで遣うのはあまりにもったいない」

伊達《だて》に長く御広敷伊賀者の頭をしていただけではない。追放された後でも藤川と連絡をとっている配下はいた。ただ、下手な遣い方をして、ばれでもしたら終わりであった。裏切り者を御広敷伊賀者は許さない。なにより、吉宗が黙ってはいなかった。

「それに御広敷の配下には、ことをしでかした五菜の太郎を大奥外で始末するという役目がある。御広敷に残したのは三人、こちらに人を割《さ》いては、太郎の始末をしくじるやも知れぬ。それは絶対に避けねばならぬ……となれば。左伝《さでん》を使うしかないか」

左伝とは柳《やなぎ》左伝のことだ。御広敷伊賀組を放逐された後、藤川の手配で剣術遣いになっていた。左伝は追い出された御広敷伊賀組を恨んでいたが、藤川に弱みを握られ、逆らえない状況にあった。

人選を終えた藤川が立ち上がった。


「入江無手斎が出てきた。一人か、いや、女を連れている。奥方ではなさそうだ。見たことのない身体つきだ」

聡四郎の屋敷を見張っていた柳左伝が呟いた。

柳左伝は、聡四郎と大宮玄馬を討つために、その日常を調べあげていた。その過程で屋敷を見張り、紅の姿も確認していた。

「滅多に見ぬほどの美形らしいが……これだけ遠いとわからぬな。もう少し近づいて、顔を確認したいが……」

目的としている伊賀郷女忍の特徴は、藤川から教えられている。

「これ以上間合いを詰めれば、気づかれる。気づかれては、あとあと面倒になる」

左伝が躊躇《ちゅうちょ》した。

できるだけ入江無手斎と目を合わせないように左伝はしていた。

人の目には気が籠もる。歩いていてふと背筋に違和を感じ、振り向いてしまう。

すると後ろにいた人と目が合ってしまった。これは誰にでもある。

剣術などの武芸に精通すると、その目を感じる距離がどんどん遠くなっていくのだ。江戸で指折りの腕といわれている入江無手斎ほどになれば、一丁（約百十メートル）離れていても気づく。

「警戒しているな」

左伝もかなり遣う。入江無手斎の動きから、周囲へ気を配っているとわかった。

「藤川の馬鹿が。分《ぶん》をこえたまねをしようとするからだ」

吐き捨てるように左伝が罵った。

柳左伝は御広敷伊賀者の跡取り息子であった。ただ、忍との相性がとてつもなく悪かった。背が高くなりすぎたのだ。

忍は、その名前のように、じっと忍ぶのが本性である。天井裏、床下など狭いところで身じろぎもせず、何日も潜む。当然、身体は小さいほど都合がよかった。他にも、老人や、子供、女などに化けるにしても、大柄な身体は不利でしかない。なにせ目立つ。柳左伝は伊賀者失格を言い渡され、組屋敷を追いだされた。

捨てる神あれば拾う神あり。

柳左伝には、剣術の才があった。組屋敷を追われた左伝は、四谷伊賀町に近い柳生新陰流《やぎゅうしんかげりゅう》道場に転がりこみ、内弟子として修行を重ね、ついに師範代まで上り詰めた。

金を貯めて、将来は町道場の主に……そう柳左伝が夢を描いたとき、藤川が手を伸ばしてきた。そう、組屋敷を放逐され、道場へ拾われて、剣術を身につける。このすべてが、藤川の策であった。

飢えかけた左伝を喰わせてくれた道場主も、藤川と組んでいたのだ。

「伊賀のために、その技を遣え」

藤川は左伝を、聡四郎と大宮玄馬へあてるために呼び返した。

組屋敷を出てからの食費など藤川が密かに負担していたと聞かされた左伝は、がんじがらめに縛られ、その命令を拒めなかった。とはいえ、一人で二人を同時に始末することはできなかった。

「従者で互角、主ならば、こちらが一枚上」

腕が立つ左伝だけは、相手の技量を的確に見抜いた。かつて左伝は大宮玄馬の腕をたしかめるため、金で雇った道場仲間に襲わせていた。

そうこうしている間に、藤川が御広敷伊賀組から逃げだした。

「おぬしは、儂のいうことを聞いていればいい」

しかし、弱みを握っている藤川は、左伝を離さなかった。

「女をやれか……」

左伝が嘆息した。

「恨みを本人ではなく、その女に向けるとは、情けない」

藤川の意図するものが、聡四郎への意趣返しでしかないと左伝はわかっていた。

聡四郎が保護している女忍を殺す。そうすることで、藤川は聡四郎に勝ったと言いたいだけなのだ。

「御広敷伊賀者のためにはならぬ」

組を離れさせられた左伝といえども、御広敷用人が御広敷伊賀者の上役だというくらいは知っている。その御広敷用人であり、将軍吉宗の養女婿である聡四郎と敵対するなど、無茶でしかないのだ。

「なれど……今まで生きてこられたのは、はめられたとはいえ藤川のお陰」

左伝は唇の端を嚙んだ。

「飢えずにすんだ。いや、なによりも剣と出会えた」

人は喰わねば生きていけない。だが、それ以上に目指すものがなければ、生きているとは言えなかった。

伊賀から捨てられ、生きる術《すべ》を意思を失った左伝を、この世につなぎ止めたのは剣術であった。伊賀組では蔑《さげす》まれた大きな身体が、剣術では武器になった。他人よりも長い腕は、敵の届かないところから攻撃でき、長い足は間合いをあっさりと踏みこえる。数年経たずして、道場一と言われるようになった左伝の、支えは剣術だけであった。

「勝ちたい、あやつに」

左伝が腰の刀に手を伸ばした。

数年前、道場主に勝ち、それ以降無敵であった左伝は、強敵たる大宮玄馬との戦を望んでいた。

その希求は、藤川が正しくないことをしていると知った今でも、理性を抑えこむほどの力を失っていない。

「戦いは、刀を抜き合わす前に終わっている」

宮本武蔵《みやもとむさし》の言葉だと伝わっているこれは、左伝の好むものであった。敵を知り、場所を選び、ときを待つ。十分な準備を重ねておけば、太刀を抜いてからの行為は、ただ戦いの結果を証明するだけのものに落ちる。

必勝の状態を作りあげることが、剣士の本分と左伝は考えていた。

「……最低でも女の顔を確認し、その行き先を突きとめろというのが、藤川の命だ。無視もできぬ」

左伝は、小走りで脇道へそれ、入江無手斎の先回りをもくろんだ。

「ふっ」

半歩控えた袖を連れながら、歩いていた入江無手斎が、小さく笑った。

「どうかしたか」

袖が気づいた。

「鼠《ねずみ》がな……いや、鵜《う》の目鷹《たか》の目でこちらを探ろうとしていたから、鳥か」

「ほう。早速だな」

袖が悟った。

「わかっておると思うが……」

「手出しはせぬ。吾はたおやかな奥女中になるのだからな」

念を押した入江無手斎に、袖がうなずいた。

「聡四郎のためにも、そうあってくれ」

入江無手斎が笑った。

「襲ってくると思うか」

「どうであろう。一瞬殺気を出したゆえ、気づいたが……それ以外は、見事に気配を消していた。刺客という感じではなかった。あれで、刺客ならば、そうとうな腕よ。聡四郎では勝てまい」

訊かれた入江無手斎が述べた。

「…………」

袖が黙った。

「もし、戦いになったならば、儂をおいて一人で平川門へ行け」

入江無手斎が指示した。

「……わかった」

己の任を理解していない者は、忍として半人前である。たとえ、目の前で同行していた仲間が射抜かれようとも、手を貸さずひたすら任に邁進《まいしん》する。それが忍であった。

「先に行かせてやりたいが、あやつが罠《わな》ということもありえる」

殺気をわざと感じさせて、二人を分割させる手かも知れないと入江無手斎が言った。

「戦うのは無理でも、逃げるだけならひけは取らぬぞ」

袖が自慢した。

「ならば、急ごう。人の多いところまで行けば、無茶はできまい」

うなずいて入江無手斎が足を速めた。

「気づかれた……」

先回りした左伝は、早足になった二人を見た。

「くそっ」

左伝が舌打ちをした。

先回りしたことで、余裕を持つはずだったのが、かえって焦りを生んでしまった。

「人通りも多い。なにより急いでいる女は目立つ」

女は裾が乱れるのを嫌うため、どうしても動きが小さくなる。歩幅も狭く、ゆっくりとした足取りが普通なのだ。それが袖は、白い脛《すね》を惜しげもなく晒《さら》しながら、早歩きしている。男たちの目が集まるのは当然であった。

「これでは襲えぬ」

左伝には、自前の道場を持つという夢がある。死ぬ気でかかるなどはもとより、他人目《ひとめ》に付く気は毛頭なかった。

「女の顔は見る……」

左伝は殺気を抑えて、近づいてくる入江無手斎へ向かって歩き出した。

「袖、儂の踵《かかと》を見ておけ」

「わかった」

入江無手斎の指示に、袖がうなずいた。

踵を見ろ。これは、顔をうつむけておけとの意味である。下を向いたままでは、前が見えない。急ぎながら、前を見ないのは危険きわまりない。それを防ぐために、入江無手斎は、己の踵に注目させることで、前方を見ないでも進めるようにしたのだ。

「……………」

近づいた左伝が、袖の顔を確認するために、足取りを緩めた。

「やめておけ」

さりげなく袖の顔を見ようとした左伝へ、入江無手斎が小声で告げた。

「うっ……」

左伝が呻いた。

「死ぬか」

じろっと入江無手斎が左伝を睨んだ。

「くあっ」

斬りつけられたように、左伝が大きく跳んだ。

「それだけの腕があるならば、他に生きようもあろう。政の裏へ踏みこむな。命がいくつあっても足らぬぞ」

「…………」

入江無手斎の忠告に、左伝が沈黙した。

「もっとも、生き残れば、褒賞は大きいが、政にくわわり、人の生き死にを目《ま》の当たりにする……いや、他人の一生を左右する肚があるなら別だがな」

冷たく入江無手斎が述べた。

「それだけの覚悟はなさそうだな。どうせ、剣へ逃げた口だろう」

入江無手斎が嘲弄した。

「先回りを見抜かれたくらいで、動揺するようではな……」

「くっ」

入江無手斎の言葉に、左伝が顔色を赤くした。

「言わせておけば」

左伝が柄《つか》に手をかけた。

「…………」

無言で入江無手斎が、間合いを詰めた。

「こいつっ……なにっ」

あわてて左伝が抜こうとしたが、柄は揺らぎもしなかった。

「ふん。こんな他人目のあるところで、抜くな。愚か者」

柄頭を入江無手斎の左手が押さえていた。

「あっ」

気づいた左伝が、焦って入江無手斎に殴りかかろうとした。

「馬鹿が」

入江無手斎が、左伝の左足を蹴り払った。

「うわああ」

殴りかかろうとの出鼻で、重心が揺らいだところを襲われた左伝は、宙を舞った。

「ぐえっ」

受け身さえ取れず、左伝は背中をしたたかに打ち、呻いた。

「このていどか。技では、聡四郎を上回るが、実戦では勝負にならぬわ」

入江無手斎があきれかえった。

「かはっ」

息もできない左伝は、反論さえできなかった。

「行こう」

「…………」

無言でうなずいた袖を誘《いざな》って、入江無手斎が平川門へと足を進めた。

「なんで、こんなところで寝てやがる」

「邪魔だな」

倒れている左伝を口々に罵りながら、町民たちが通り過ぎていった。入江無手斎との遣り取りは、速すぎて目に留まらなかったのだ。

「……くそっ」

ようやく呼吸できるようになった左伝が、転がったまま右手で地面を叩いた。

「このままではすませぬ」

左伝が唇を噛んだ。

「もう藤川などどうでもいい。あやつを殺す。吾を未熟と笑ったおまえを、絶対に許さぬぞ」

血を流しながら、左伝が誓った。

三

平川門には、切手《きって》門番がいた。ここで大奥へ出入りする者の身元を確認する。大奥もしくは御広敷を管轄する留守居《るすい》の発行した切手がなければ、その通行は認められなかった。

「聡四郎はおるかの」

平川門に着いた入江無手斎が探した。

「師、ここでございまする」

門横の番所から、聡四郎が出てきた。

「待たせたな」

「いえ……なにかございましたか」

入江無手斎に残る殺気に、聡四郎は眉をひそめた。

「一人、剣術遣いが絡んできおっただけよ。気にするほどでもない」

たいしたことではないと入江無手斎が首を左右に振った。

「なにを言うか」

袖が嘆息した。

「あのような疾《はや》さで動ける者など、伊賀にもおらぬ」

「そうかの」

入江無手斎が肩をすくめた。

「ふん。ごまかすのは下手だの」

小さく袖が笑った。

「ああやって絡んだのは、あやつの目を己に向け、吾への興味を奪うためであろうが。あやつは最初は、吾のほうへ目を向けていた。それが、最後はおぬしをじっと睨みつけていた。吾のことなど頭からすっかり消えていたが」

袖が語った。

「やれ、見抜いていたか。よほど、あやつより鋭いな」

入江無手斎が口の端をゆがめた。

「お気遣い、ありがたく存じまする」

聡四郎は礼を言った。

「なに、これも用心棒の任のうちじゃ。さて、用もすんだ。儂は戻ろう。大宮玄馬だけでは、手が足りぬかも知れぬでな」

小さく手を振って、入江無手斎が背を向けた。

「……………」

もう一度頭をさげた聡四郎が、袖へ一枚の紙を差し出した。

「切手だ。七つ口へ着くまで持っていてくれ」

「わかった」

袖が切手を受け取った。


平川門から御広敷御門を通れば、七つ口である。

聡四郎に伴われた袖が、七つ口に着いた。

「竹姫さま付きとなるお末の袖だ。頼む」

聡四郎が七つ口を警衛している御広敷番へと告げた。

「切手を……」

いかに御広敷を司る御広敷用人の口添えとはいえ、決まりを無視するわけにはいかない。御広敷番が、袖の切手をあらためた。

「結構だ」

ていねいに見た後、御広敷番が切手を回収した。

「七つ口番どの。お末一人、竹姫さまの局までご案内願う」

御広敷番が、大奥へ向かって声を張りあげた。

「ええええい」

七つ口を入ったところにある女中控えから、一人のお末が顔を出した。

「あの者に従え」

御広敷番が指示した。

「はい」

ちらと聡四郎を見た袖がおとなしそうな雰囲気を身に纏い、大奥へと入った。

「名前は」

袖を案内するお末が、問うた。

「袖と申しまする」

「では、袖。よそ見をせずに、ついて参れ」

お末が偉そうに言った。

「お願いをいたしまする」

しおらしく袖が従った。

「袖、そなた竹姫さま付きだそうだな」

歩きながらお末が訊いてきた。

「はい」

「どうやって伝手《つて》を得た」

お末が尋ねた。

大奥で雑用をこなす最下級のお末であるが、誰でもなれるというものではなかった。なにせ将軍、その妻、側室、子女たちが生活する大奥での奉公なのだ。身元のはっきりしない者を雇い入れるわけにはいかない。なにもないように、また、なにかあったときの責任を取るしっかりとした親元と推薦者が要った。

「御広敷用人水城さまのご推薦をいただきました」

「水城さまか……」

お末が嘆息した。

「そなた親元はどこだ」

「八十俵の御家人大宮家でございまする」

まさか伊賀の郷を親元として、大奥へあがるなど論外である。そこで、袖は、大宮玄馬の実家の養女となっていた。といったところで、御家人は旗本のように養女縁組みを奥右筆まで届け出なくてもいい。一応、慣例として組頭に報せなければならないが、家督《かとく》を継ぐ養子ではなく、養女である。届け出なかったからといって、咎められはしなかった。

「御家人の娘か……」

しばらくお末が黙った。

大奥は広大である。七つ口から大奥の最奥にある竹姫の局までは、かなり距離があった。

「待て」

不意にお末が、足を止めた。

「なんでございましょう」

「しばし、ここで控えておれ」

そう言い残してお末が、襖を開けて近くにあった部屋へ入っていった。

「ふん。ご注進か。忠義なことだ」

袖が鼻先で笑った。

「…………」

柱に背中を預けるように立った袖が、天井を見あげた。

「目は楽だの。見るだけで手出しせずともよいからな」

小さく袖が笑った。

「……………」

天井裏の気配が揺れた。

「しっかり見届けて、用人に報せろよ。吾がいるのだ。ごまかせると思うなよ」

袖が付け加えた。

御広敷伊賀者は本来留守居の支配を受ける。しかし、聡四郎との戦いで藤川が敗北したため、吉宗の命でその配下とされた。

「用人を甘く見ぬほうがいい」

「黙れ」

怒気の籠もった声が降ってきた。

「そちらこそ、影が声を出すな」

袖が咎めた。

「……………」

天井裏で見張っていた御広敷伊賀者が沈黙した。

「……袖、こちらに参れ」

ようやく、さきほどのお末が、襖を少し開けて顔を出した。

「はい」

すなおに紬は近づいた。

「膝をつきや。上臈の松島さまが、お目通りくださる」

お末が手で伏せるように言った。

「上臈さまが……」

驚いた風を装いながら、紬が廊下に平伏した。

「松島さま」

紬の態度を確認したお末が、襖を大きく開き、下がった。

「うむ……」

身を退いたお末に代わって、月光院付きの上臈松島が出てきた。

「そなたが、紬か。竹姫さまの局に勤めるそうだの」

「は、はい」

紬が震えた。

「妾の指示に従え」

「……なにを仰せなのか、わかりませぬ」

床に額をつけたまま、紬が答えた。

「無理もないか。お末ていどの頭ではわからぬのも当然じゃな」

松島が嘆息した。

「簡単なことじゃ。竹姫さまのもとで見聞きしたことすべてを、妾に報せよ」

「えっ」

驚いて袖が顔をあげた。

「わかったようだの」

「そのようなまねできませぬ」

袖が首を左右に振った。

「妾の言うことがきけぬと……」

声を一段、松島が低くした。

「そ、そんな……」

「なら、するのだな」

「……………」

押しつけられて袖が黙った。

「ただとは言わぬ。時期を見て、竹姫さまの局から引き取り、三《さん》の間《ま》にしてやろう」

松島が褒賞を提示した。三の間は、お末の四つ上になる。お目見えはできないが、切り米四石、合力金二両、一人扶持のお末に比して、切り米五石、合力金十五両、二人扶持と禄は倍以上になる。

「もちろん、それまでも手当はやろう。市《いち》」

松島が、案内役の七つ口番お末に目を向けた。

「はっ」

袖のすぐ前まで来たお末の市が、懐から二分金を一枚出した。

二分金は一両の半分、銭にして三千枚ほどになる。人足の日当が、一日二百四十文《もん》ほどなので、十日分以上になった。

「これを一月に一度くれてやる」

「月に一度……」

袖が目を剝いた。一月に二分、年になおせば六両になる。ほとんどお末の年収にひとしい。

「よいな」

市が袖の懐へ二分金を押しこんだ。

「あ、あの、これ……」

袖があわてて、入れられた二分金を出そうとした。

「ではな」

返答を待たず、松島が座敷のなかへ消えていった。

「……行くぞ」

市が、袖をうながした。

「こ、困りまする」

袖が懐から二分金を出した。

「このようなところで、金を出すな」

「……すみませぬ」

きつく言われた袖が、縮こまった。

「言われたとおりにせい。松島さまは、悪いようになさらぬ。ただし、断ったときは別だぞ。上臈を敵にする。それが大奥でどういう意味になるか、それくらいはわかっているだろう」

市が、袖を脅した。

大奥で最高の権力者は、将軍の御台所である。ただ、御台所は世間知らずのお姫さまである。実質の支配者は上臈であった。

上臈に目を付けられれば、最下級のお末などひとたまりもない。

「…………」

「どうやら、わかったようだの」

黙って二分金を懐に戻した袖へ、市が笑った。

「……ここだ」

市が足を止めた。

「ごめんくださいませ。七つ口より、お末を一名案内いたして参りました」

竹姫の局に向かって、市が告げた。

「お待ちあれ」

襖のすぐ内側で控えていたお末が、局を取り仕切る中臈の鹿野へ報せに行った。

「お待たせいたした」

局の襖が開いた。

「七つ口番お末の市でございまする。これは袖」

市が袖を紹介した。

「ご苦労でございました。たしかに受け取りましてござる」

局のお末が、市をねぎらった。

「では」

軽く頭を下げた市が、去っていった。

「袖と申したな。鹿野さまがお待ちだ。なかへ」

「はい」

招かれた袖が、局のなかへ足を踏み入れた。

「そなたが、水城の」

鹿野が、次の間で袖を迎えた。

局はお末たちの居場所である多門《たもん》をいれれば、八つの座敷からなっていた。そのうちもっとも上座になる上段の間が、竹姫の居室となり、次の間が、日常使いされる座敷、そして次の間が、鹿野の執務部屋であった。

「そうだ」

袖がおとなしげな雰囲気を捨てた。

「それが地か」

鹿野があきれた。

「伊賀の郷忍に礼儀を求められても困る」

悪びれることなく、袖が胸を張った。

「早速だが……」

紬が話を始めた。

「……もう、松島が」

聞いた鹿野が、ため息をついた。

「従った振りをするが、よいな」

「任せる」

確認を求めた紬に、鹿野がうなずいた。

「では、竹姫さまにお目通りを」

紬の同意を待たずして、鹿野が下段の間との襖を開けた。

「姫さま、新しいお末が参りました」

「うむ。許す」

下段の間でくつろいでいた竹姫が、首肯した。

「紬と申す者でございまする」

お末では、身分が低く、竹姫との会話はできなかった。

「竹じゃ。よしなにな」

紬へ竹姫が目を向けた。

「お側の方まで申しあげまする」

高貴な人への直答《じきとう》は礼儀に反する。袖が鹿野へ取次を願った。

「よい。直答を許す」

もどかしいまねは不要だと、竹姫が宣した。

「畏れ入りまする。袖でございまする。なんなりと御用をお申し付けくださいますよう」

袖が竹姫へ向かって、名乗った。

「そなた、水城のかかわりらしいの」

竹姫が問うた。

「さようでございまする」

袖が認めた。

「ならば、紅どのとお会いしたか」

「はい。ひとときではございましたが、わたくしは水城家で世話になっておりましたので」

訊かれた袖が、隠さずに答えた。

「紅どのが、ご懐妊なされたと聞いた。お元気であるか」

竹姫が身を乗り出した。

「はい。お変わりございませぬ」

「そうか。それは重畳《ちようじよう》じゃ」

うれしそうに竹姫がほほえんだ。

「ところで、懐妊とは、どういうものなのじゃ。妾は経験したことがないゆえに、わからぬ」

竹姫が興味を露わにした。

「懐妊とは、子を宿すことだというくらいは知っているぞ」

自慢げに竹姫が胸を張った。

「しかし、大奥に懐妊した者はおらぬで、見たことがない」

竹姫が首を左右に振った。

大奥の女はすべて将軍のものとして扱われる。その女が妊娠するとなれば、父親は将軍以外ありえなかった。大奥と対立している吉宗は、いまだ女を閨《ねや》に呼んでいない。つまり、今、大奥に妊娠している女はいなかった。

どころか、竹姫が江戸に来た五代将軍綱吉の時代から、誰一人として大奥で将軍の胤《たね》を宿した女はいなかった。

「子を宿しますと、女の下腹がふくれて参りまする」

「下腹、このあたりか」

竹姫が己の腹を触った。

「さようでございまする。そして……」

袖の最初の仕事は、紅の近況報告であった。

「しばらく紅さまと会えぬか」

妊娠の危なさを知った竹姫が、寂しそうに顔をうつむかせた。

「その代わり、お産みになった後は、お子様と二人でお出でくださいましょう」

袖が慰めた。

「赤子を連れてきてくれるか」

「紅さまならば、きっと」

お節介《せっかい》このうえない紅である。袖は保証した。

「そうじゃな。うん。それを楽しみに待つぞ」

竹姫がほほえんだ。

「では、御前を失礼いたしまする」

袖が次の間へと下がった。

「水城の手だそうだの」

鈴音が待っていた。

「よろしくお願いする。早速でござるが……」

挨拶もそこそこに、袖が局の固めの話に入った。

「待て。一人紹介しなければならぬ」

話をしようとした袖を鈴音が制した。

「紹介……」

袖が怪訝な顔をした。

「うむ。孝《こう》、入って参れ」

「……孝だと」

一緒に郷から出てきた同僚の名前に袖が雰囲気を険《けわ》しくした。

孝は藤川の手配で、竹姫付きのお末《すえ》として入りこんでいた。そして袖と協力して代参《だいさん》に出た竹姫を襲い、聡四郎と大宮玄馬によって孝は討たれた。己の局のお末に裏切られて殺されかかったなどと表沙汰にするわけにはいかない。竹姫に人を見抜く目がない、人を従わせるだけの徳がない、よって御台所にはふさわしくないとの評判を呼んでしまう。そこで聡四郎は孝に似た女を御広敷伊賀組から出させ、身代わりをさせていた。

「おぬしが、郷の女忍か」

挨拶もなしに孝の名前を使用する女忍が紬を見た。

「孝……」

紬は身体付き、顔の作りなどどことなく孝に似ている女忍に苦い顔をした。紬にとってともに伊賀の郷から出て来た孝は、家族も同然であった。孝の最期を見た紬である。その死を理解していたが、孝の名を使う女忍の登場に複雑であった。

「相当遣えるな」

孝が紬の身のこなしを見た。

「そうなのか」

鈴音が問うた。

「……一応、柳生新陰流の目録を持っている」

思いを封じて紬が答えた。

「女で目録とはすごいの」

孝が感心した。

「鈴音さま。これならば安心でございまする」

「そうか。それは重畳」

鈴音が孝の保証にほっとした。

「一つご提案がございまする」

孝が鈴音を見た。

「なんじゃ」

「わたくしを表使《おもてづかい》部屋へ出向させていただきたく」

「表使部屋だと」

孝の求めに鈴音が目を剝いた。

「はい。表使はご存じのとおり、大奥に出入りするすべてのもの、人を管轄いたしまする。そこにおれば、なにが大奥へ入ったかを容易に知れまする。毒や怪しげな女が大奥へ入ったのを今までより早く察知できまする。何分、武《ぶ》を遣える者がわたくしだけでしたので、そちらまで手を回せませなんだが、郷の女忍が来てくれたならば、安心。わたくしは敵の策を見抜く役目に就きたいと思いまする」

「それはよい手じゃの。大奥を実質動かしている表使に、竹姫さまも影響力を及ばされるころだな」

説明した孝に、鈴音が手を打った。

「孝、頼むぞ」

「お任せを」

鈴音の言葉に、孝がうなずいた。

四

大奥での雑用を担う五菜の仕事は、毎日のことで休みはなかった。むろん、体調が悪い、法事などの所用があるときに休むぶんには問題はない。ただし、休んでいるときの所用は、誰か他の者に頼まねばならないうえ、礼金も要る。五菜で仕事に出てこない者は珍しかった。

「太郎は今日もいねえな」

五菜に与えられた詰め所に顔を出した肝煎《きもい》りの権蔵《ごんぞう》が顔をしかめた。

「病でやすかね」

古参の五菜が首をかしげた。

「誰か、太郎の住処《すみか》を知っているか」

「…………」

詰め所にいた五菜が、顔を見合わせた。

「誰も知らねえ……」

権蔵が目つきを鋭くした。

「気にいらねえな」

「なにがでやす」

古参の五菜が問うた。

「太郎よ。あいつはなんで五菜になったんだ。五菜になるには大枚の金が要る。五菜になったやつは、金を取り返そうと、必死に大奥の仕事を受ける」

五菜には毎月決まっただけの給金が大奥女中たちから支払われている。とはいえ、それだけでは食べかねるほどの金額でしかない。当然、五菜たちは生きていけないので、余得《よとく》を求めた。それが、大奥女中の仕事を引き受けてもらえる心付けであった。

心付けには二つあった。用を命じた大奥女中がよこすもの。これは、ほとんど小僧のお使いでもらえる駄賃ほどしかない。重要なのはもう一つのほうであった。

大奥女中が五菜に命じる用は、そのほとんどが買い物であった。どこの商店も、大奥出入りという名前が欲しい。とくに女が好む小間物《こまもの》や紅、白粉《おしろい》などを扱う店は大奥女中お気に入りという看板があるかないかの差は大きかった。そこで、買い物に訪れた五菜たちに、金を渡して次のときも注文してくれるようにと、女中との仲介を頼むのだ。

この金額はかなりなものであった。当然、買い物を代行した五菜に支払われる。大奥の雑用を引き受けない五菜には、一文も入らないのだ。

「うち解けようともしねえ。太郎と飲んだ野郎は……」

「あっしはありやせん」

「おいらも」

確認した権蔵に一同が否定した。

「気にいらねえ」

もう一度権蔵が苦い顔をした。

五菜の太郎は、命じられた任に踏み切る決断ができていなかった。

確実に死ぬとわかっていて、その状況へ挑む。よほどの使命感、忠義、打算がなければ難しい。どれだけ名君と言われようとも、家臣にそれを強《し》いるのは困難を極める。太郎の逡巡《しゅんじゅん》は人として当たり前のことだった。

だが、それを認めては、武家はなりたたない。戦を怖がって行かない家臣など不要どころか、邪魔でしかない。

そんな連中を動かす一つ確実な方法があった。

人質である。人質ほど有効な手段はなかった。従わねば、おまえの妻、子、親兄弟を殺す。別に家族でなくてもいい。相手にとって重要な思い入れがある人物ならば、誰でも人質として遣える。

そして太郎こと、野尻力太郎は、妻と子供を山城帯刀に人質として取られていた。

「ご家老さまにお目通りを願いたい」

大奥を休んだ太郎は、館林松平家の上屋敷を訪れた。

「庭先で待て」

目通りはかなったが、扱いは藩士ではなく、小者のものとなっていた。

「なんだ」

出てきた山城帯刀が表御殿庭沓脱《くつぬぎ》石の向こうで控えている太郎へ、用件を問うた。

「お願いの儀がございまする」

「願い……任も果たさずにか」

平伏している太郎へ、山城帯刀が冷たく言った。

「…………」

太郎が言葉を失った。

「申さぬならば、ときの無駄じゃ。儂は忙しい」

山城帯刀が背を向けた。

「お待ちを。申しあげまする」

あわてて太郎が声をあげた。

「天英院さまよりのご指示を、ご家老さまはご存じであらせられましょうや」

「ご指示ではないな。姉小路さまのお話ならば、耳にしている」

問うた太郎に、山城帯刀が逃げた。

指示を知っているとは言えなかった。万一、ことが露見し、天英院が吉宗から咎められたとき、知っていては館林藩も巻きこまれる。とはいえ、知らぬと言えば、太郎を動かせなくなる。形としては、太郎は館林の家臣で、家老山城帯刀の命で大奥五菜として、勤めているのだ。つまり、太郎は天英院の命令に従わなくてもいい。その逃げ道を潰しながら、連座を避ける。卑怯《ひきょう》ではあったが、これも藩と己を守る保身であった。

「お断りできませぬか」

「なにを申すかと思えば……」

山城帯刀が嘆息した。

「お方さまのご要望をかなえるために、そなたは五菜となったのだぞ」

「ですが、いくらなんでも、竹姫さまを……」

「それ以上口にするな」

不満を言いかけた太郎の口を、山城帯刀が封じた。

「申しわけございませぬ」

家老を怒らせては、まずい。太郎が詫びた。

「わかった。これを最後の任にしてやる」

うつむいた太郎へ、山城帯刀が言った。

「最後の……では」

太郎が顔をあげた。

「うむ。約束どおり、お目見え以上に取り立ててやる。禄も二百石くれてやろう。天英院さまよりの三百石を合わせれば、五百石だ」

「五百石……」

館林藩で五百石以上の禄をもらっているのは十名ほどしかいない。さすがに門閥ではないだけに、家老とはいかないが、番頭や奉行などとなり、藩政に加われる。もし、藩主清武が、将軍になれば、旗本へ籍を転じるだけでなく、千石取りも夢ではなくなる。

太郎が息を呑んだ。

「やってくれるな」

山城帯刀が声を和らげた。

「……妻と子に会わせていただきたく」

太郎が願いを口にした。

「江戸にはおらぬ」

「なぜでございましょう」

無理だと答えた山城帯刀へ、太郎が食い下がった。

「上士となるのだ、野尻家は。その跡継ぎが無学では困ろう。国元でしっかりと修行をさせなければならぬ」

「息子はまだ六歳でございまする」

とってつけたような理由に、太郎が言いつのった。

「何を言うか。将来の藩を背負って立つ人材であるぞ。早くから学ばせておかねばなるまい」

「江戸でもできましょうに」

遠く離れた国元へ連れ去られた息子を思って、太郎は反論した。

「できるのか」

氷のような声を山城帯刀が出した。

「えっ……」

太郎が戸惑った。

「たかが厩番の倅《せがれ》を、将来の執政とすべく名門の子息と同じように扱う。野尻家が厩番だと皆が知っている江戸で、それをすればどうなる」

「排除……」

山城帯刀の話に、太郎は勢いを失った。

身分の差は、館林藩松平家でも大きかった。そもそも松平家の設立からして、かなりややこしい。館林藩松平家は、三代将軍家光《いえみつ》の二男綱重が別家したことから始まった。そのとき、旗本から多くの者が綱重の家臣へと転籍させられた。のち、綱重の息子綱豊が六代将軍家宣となったことで、そのほとんどが旗本へと復帰した。だが、その前に綱豊の弟清武は別家していた。このとき清武に付けられた者たちが、館林藩松平家の中核となった。やがて兄が将軍となったお陰で清武も加増され、家臣を増やした。このとき、昔から清武に付けられていた家臣たちは、皆身上がりをした。足軽と同格である厩番も下級藩士になった。そして空席となった厩番として、新規召し抱えを受けたのが、太郎の野尻家であった。野尻家は、松平家では、新参のうえに軽輩なのだ。要は、野尻家はもっとも身分が低い士分となる。その息子が、家老の孫や組頭の息子と机を並べる。どれほどの軋轢《あつれき》が生まれるか、息子がいじめられるか、考えなくてもわかる。

「その点、国元ならば、野尻の名も身分も知る者は少ない。儂の指示とあれば、誰も苦情は言うまい」

「…………」

まちがっていない山城帯刀の説明に、太郎が黙った。

「よいか、野尻は館林の名門となるのだ」

「名門……」

厩番の身分は低い。寒中足袋《たび》もはけず、雨が降っても傘もささず、一日馬糞の掃除と馬体の手入れをする。やがて馬糞の臭いが身体に染みつき、風呂に入っても消えなくなる。それだけ辛い思いをしても、親子が腹一杯食べるだけの禄はなく、藩士たちからは、一段も二段も低い者として、同席さえ許されない。こんな辛い思いを子供にさせたいと考える親などいない。

太郎は思わず呟いた。

「おぬしが、一歩踏み出すだけで、野尻は変わる」

山城帯刀が誘った。山城帯刀は太郎の呼びかたを、咎めるとき、誘惑するときで変えていた。

「子々孫々まで受け継げるのだぞ、武家の手柄は。吾が山城家も、先祖が関ヶ原で立てた功績で、身分と禄を得た。儂が見たこともない先祖のお陰だ。それと同じことを、おぬしができる」

「手柄……」

太郎が悩んだ。

「もちろん、おぬしには命に従わないという選択もある。もっともその場合は、与えられるはずの恩恵すべてを失うことになる。息子の教育はなくなり、野尻家は厩番のままだ。しかも今は国元だ。おぬしが任を果たすかと思って与えた国元への栄転だが、拒むのならばなかった話。旧に復してもらうが、家族の江戸への旅費は、自前だな」

「そんな。勝手に国元へ連れていっておきながら……」

「知らぬな」

山城帯刀が横を向いた。

「くうう」

身分の差はどうしようもない。家老と厩番では、格が違いすぎる。本来ならば、こうやって口を利くことさえできないのだ。家老が決めたことに、厩番は逆らえなかった。

「といっても、儂も鬼ではない。息子は国元で厩番にしてやろう」

「……………」

「もっとも国元の厩番は辛いぞ。江戸表だとまず御用はないが、国元は馬を遣う機会も多い」

江戸は、届け出なく市中で馬を駆けさせることを禁じていた。お陰で、厩もあり馬もいるが、厩番の用はさほどなくてすんでいる。それが国元になると事情が変わる。国元は江戸のように制限がないだけでなく、領地の見回りなどで馬を使う頻度も高い。厩番はそれこそ寝る間もないほど忙しくなる。馬の世話だけでなく、使用したことで傷んだ馬具の修理などもしなければならなくなるからだ。

「冬は厳しいだろうな」

さらに山城帯刀が続けた。

館林は江戸より北にある。冬は山からの風が強く、凍《こご》えるほどに冷える日もあった。

「そのうえ、父が殿の義姉さまの命をきかなかったとなれば……」

「わかりましてございまする」

重ねてくる山城帯刀に、とうとう太郎が屈した。

「けっこうだ。もし、これが契機となり、殿が上様になられたとしたら、おぬしが勲功の第一だ。昔でいうところの一番槍、いや大将首じゃ。十分な褒賞を殿は下さるであろう。もちろん、息子の未来も安泰じゃな」

山城帯刀が褒めた。

「きっと」

「ああ。殿ならば、かならずな」

またしても山城帯刀は、己で保証しなかった。

「で、いつやる」

「身の回りの整理もいたさねばなりませぬし、妻と子供に文も書きたく存じまする。

三日後にさせていただきまする」

問われた太郎が告げた。

「三日後……」

不満そうな顔を山城帯刀がした。

「わたくしが当家とかかわりがあると知れてはよろしくございませぬ。仮住まいとはいえ、しっかり後始末をいたしませんと。ことがあきらかになったとき、わたくしの住まいが目付の捜索を受けるのは、まちがいありませぬ」

ちょっとした脅しを太郎が入れた。

「目付はまずいな」

旗本のなかでも俊英と呼ばれる者から目付は選ばれる。また、その職責上から、辛辣《しんらつ》、冷酷で有名なだけに、手加減などを求めることはできなかった。

「やむをえぬ。三日後と姉小路さまにお伝えしておこう」

不承不承ながら、山城帯刀が納得した。

「逃走の手だては……」

「安心せい。姉小路さまが、お考えくださっている。詳細は儂も聞いておらぬで、わからぬが……」

山城帯刀が懐から紙入れを出した。

「これを持って行け」

小判を三枚、山城帯刀が差し出した。

「このような大金……」

三両は小者にとってほぼ年収にひとしい。太郎があわてた。

「大事ない。よいか、ことをなして大奥を抜けたならば、その足で江戸から離れろ。まちがえても藩邸に寄るな。そうよな、一年は姿を隠せ」

山城帯刀が厳しく述べた。

「承知いたしておりまする」

太郎がうなずいた。

「では、行け」

「……お世話になりました」

「きっと果たせよ」

一礼する太郎に、念を押して山城帯刀が去っていった。

「死んでこいというか」

残された太郎が、小声で吐き捨てた。

「脱出などできるはずはない。七つ口には御広敷番がおり、さらに御広敷伊賀者が大奥を警固しているのだ。将軍の想い人を汚して、逃げられるはずなどない。逃がせば、全員切腹ものだぞ」

太郎は五菜として御広敷に出入りしている。大奥がどのように守られているか、よく知っていた。

「だが、行かねば妻と子が死ぬ」

命を果たさぬ太郎は逃げるしかない。そして太郎は天英院と山城帯刀がとんでもないことを計画したと知っている。口を割られては大変である。逃げれば、その先にあるのは妻と子の死であった。

「訴人できぬように、妻と子を国元へ隠した」

太郎には抜け道が一つだけ残っていた。

ひそかに吉宗へ訴え出て、家族ごと庇護《ひご》を願うという手があった。御庭之者と伊賀者を駆使すれば、江戸藩邸に囚《とら》われている太郎の家族を助け出すことは容易《たやす》い。天英院と松平清武を滅ぼせるなら、吉宗は喜んで太郎と家族を守る手配をする。だが、それくらい山城帯刀も見抜いていた。だからこそ、御庭之者とはいえおいそれと手出しできない国元へ、家族を連れ去ったのだ。

「己は鍛冶場の火の粉さえ浴びずに、できあがった太刀を受け取ろうというのか……」

悔しげに太郎が顔をゆがめた。

「……これが身分というものなのだな。先祖に功績はあったろうが、己にはなにもない。そんな連中が家老でございと威張っている。なれど、これを利用できれば、末代まで安泰なのだ。吾が死ぬことで、野尻家はずっと名門藩士としてあり続けられる」

きっと太郎が決意の籠もった表情を浮かべた。

竹姫と吉宗の文の交換が始まった。朝、御広敷に出務した聡四郎は、竹姫が前夜に書いた文を預かり吉宗のもとへ運び、夕刻、吉宗の返書を竹姫に届けて退勤するのが、日課になった。

「竹姫さまよりのお文でございまする」

その日も聡四郎は、預かった文箱を御休息の間へと運んだ。

「ご苦労であった」

受け取った吉宗が、聡四郎を見た。

「御広敷に変わりはないか」

「今のところ」

聡四郎はないと断言しなかった。今まで御広敷のことを問わなかった吉宗が、訊いてくる。これを不思議だと思わないような者を、吉宗は重用しない。

「水城、そなた、もし竹を害しようと思うならば、どうする」

「無茶なことをお訊きになられる」

吉宗の言葉に、聡四郎は眉をひそめた。とはいえ、吉宗の言葉である。理由をつけたところで、拒否はできなかった。

「御下問なれば、お答えいたしまする。大奥のなかにおられる竹姫さまに、害を及ぼすとするならば、毒でございましょう」

「毒味がおるぞ」

聡四郎の答えに、吉宗が問題を提起した。

「食べものだけとは限りませぬ」

「ほう。申せ」

興味深げに吉宗が先をうながした。

「風呂の湯に毒を」

江戸は水の悪い土地である。お陰で城下の風呂はほとんど蒸し風呂であった。ただし、京の公家の娘が上級者として君臨する大奥は違った。京は江戸と違い、湯を張った桶《おけ》に身体を浸《つ》ける上方《かみがた》風である。その影響で、大奥の風呂は湯を張るものがほとんどであった。

「たしかに、風呂の水の毒味まではせぬな」

吉宗が表情を引き締めた。

「大量の毒を風呂水に溶かせば……飲まずとも胎内に入るな。女には男と違い、水の入る箇所がある」

「…………」

生々しい吉宗の表現に、聡四郎は黙った。同意するのも違うと思ったのだ。

「水城、あとで鹿野に申しておけ」

「はい」

竹姫付きの御広敷用人である。聡四郎は首肯した。

「襲われるとは考えていないのか」

「御広敷伊賀者が見張っておりましょう」

さらなる問いに、聡四郎は答えた。

「間に合うとは限らぬぞ」

「そのために武芸に長じた女伊賀者を入れましてございまする」

手は打っていると聡四郎は胸を張った。

「ふん」

吉宗が鼻先で笑った。

「失敗は許さぬ」

「…………」

無言で聡四郎は御休息の間を下がった。


吉宗の指示とあれば、鹿野に会わないわけにはいかない。

「……風呂の水も毒味せねばなりませぬか」

鹿野が嘆息した。

「念のためでございまする。そのような愚かなまねをする者はおらぬと思いまするが、上様の怒りがどれほどになるか……」

わざと大きな声で聡四郎は言った。鹿野と聡四郎の会談を同席という名目で見張っている大奥女中たちに聞かせるためであった。

「気にしておきましょう」

鹿野が二人の同席女中を見た。

「そうそう、袖が着きましてございまする」

「それは重畳。よろしくお遣いくださいませ」

報告に聡四郎はうなずいた。

「礼状を預かっておりまする」

鹿野が懐から一通の書状を出し、畳の上を滑らせた。将軍への文ではない。扱いはかなりぞんざいになる。

「かたじけのう」

受け取って聡四郎は、すばやく目を通した。そこには松島からの指示と、天英院からはなにも接触がないことが書かれていた。

「……わかりましてございまする。欠けたほうの動きに気を付けて職に励めとお伝えくださいませ」

聡四郎が伝言を頼んだ。

第五章　竹姫の危機

一

大奥は閉じられた場所である。とくに目見え以上の女中は、ほぼ終生奉公で出入りできないため、刺激に飢えている。たとえお末といえども新しい女が入れば、たちまち話題になった。

「竹のもとに、女中が追加されたそうだな」

天英院が、姉小路に問うた。

「お方さまのお耳にも入りましたか。たかがお末、お気になさるほどの相手ではございませぬ」

姉小路が小さく首を左右に振った。

「大事ないのか。この時期に新しい女中が入ったのだぞ。話が漏れたのではあるまいな」

天英院が危惧した。

「入ったのは、お末でございまする。もし、そうなれば、少なくとも別式女《べつしきめ》を数人以上入れて参りましょう」

「偶然だと」

「はい」

懸念を呈する天英院を姉小路が宥めた。

「さようならばよい」

天英院がほっとした。

「しかし、遅いぞ。まだ五菜は竹を襲わぬではないか」

不満を天英院が口にした。

「いかにも手間がかかりすぎておりまする。たしかめて参りましょう。琴音」

姉小路が腹心の女中を呼んだ。

「五菜の太郎を呼び出し、ことを為せと申して参れ」

「ただちに」

琴音が、一礼して出ていった。

五菜詰め所で肝煎りの権蔵が、やっと顔を出した太郎を問いつめていた。

「なにをしていた」

「少し体調が悪く」

太郎が言いわけをした。

「ならば、連絡くらいしてこい。こちらもぎりぎりの人数で回しているのだ。一人来なくなるだけで、手が足りなくなる」

「申しわけなく」

口だけの謝罪を太郎が見せた。

「詫びをせよ」

権蔵が求めた。

「なにをいたせばよろしゅうございましょう」

「そうだな。今日から三日の間にもらう心付け全部差し出せ」

訊いた太郎に権蔵が言った。

心付けで生きているといえる五菜にとって、決して呑めぬ条件であった。

「わかりましてござる」

一瞬のためらいもなく、太郎は承諾した。

「……てめえ、ふざけてるのか」

権蔵が激した。

「なにか。払うと申しておりまするが」

今日で、大奥と決別するのだ。太郎にとって心付けなどどうでもいいことであった。

「舐めるな」

その態度も権蔵の気に障《さわ》った。

「ちょいと五菜の心得というのをたたきこんでやらなければならねえようだな。おい」

「へい」

合図した権蔵に応じて、詰め所に溜《た》まっていた五菜が出入り口を塞《ふさ》いだ。

「…………」

それを見ても太郎は焦りもしなかった。

「ずいぶんと余裕だな、おめえ。やはりただの男じゃなさそうだ。前は二本差しだな」

権蔵が太郎の正体を言い当てた。

「前がなんであれ、意味などあるまい。人は今と先に生きるものであろう。昨日の話で飯が食えるわけでもあるまい」

太郎が言い返した。

「たしかにそうだ。今のおまえは、五菜でももっとも下の新参だ。先達に逆らうなよ。おとなしくしていれば、数発で終わらせてやる。仕事に差し支えても困るでな。抵抗したら、腕の一本や二本は覚悟してもらうぞ」

脅しながら、権蔵が近づいてきた。

「さっさとすませてくれ。こっちは忙しい」

「ふざけたことを」

権蔵が一層怒って殴りかかった。

「……………」

顔面に一撃を喰らったが、太郎は呻き声一つあげなかった。

「このやろう」

続けて権蔵が、太郎の腹を殴った。

「……っ」

小さく息を漏らしただけで、太郎は揺らぎもしなかった。

「気にいらねえ」

顔色さえ変えない太郎に、権蔵が切れた。

「その心張《しんば》り棒を寄こせ」

権蔵が、戸締まりに使う支え棒を指さした。

「肝煎り、あんまり派手なまねは、御広敷番さまに聞こえやす」

配下が抑えるようにと忠告した。

「気にするねえ。こんなときのため、御番衆の旦那に金を渡してある」

権蔵がうそぶいた。

「ですが……」

「さっさとよこさねえか」

大事になりそうな気配に渋る配下を権蔵が怒鳴りつけた。

「……へい」

配下の五菜が心張り棒を渋々手渡した。

「へん。これで少しはおとなしくなるだろう」

心張り棒で権蔵が太郎の右肩を打った。

「……くっ」

さすがに太郎が顔をゆがめた。

「ざまあみろ。もう一つくれてやる」

調子に乗った権蔵が、たかだかと棒を上にあげた。

「五菜の太郎はおるか」

そこへ御広敷番の声がした。

「………」

動きを止めた権蔵が、苦い表情をした。

「肝煎り」

出入り口を見張っていた五菜が慌てた。

「五菜の太郎はおらぬのか」

返答がないことに御広敷番の声が苛ついた。

御広敷番は五菜詰め所へ来ることはない。七つ口に座ったままで呼び付けるだけであった。

「いえ、おりまする」

太郎が大声で応じた。

「くそっ」

返事されてはそこまでである。

「天英院さま付きの琴音どのが、お呼びである。急げ」

御広敷番が用件を告げた。

「ただちに」

太郎が首肯した。

「お呼びゆえに、御免」

冷たく太郎が権蔵を見た。

「……行け」

権蔵が不満そうな顔で認めた。

天英院の局は大奥で一、二を争う力を持つ。機嫌を損ねるわけにはいかなかった。

「帰ってきたらもう一度だ。覚えておけ。誰が一番偉いのか、思い知らせてくれる」

出ていこうとする太郎の背中に、権蔵が唾《つば》を吐いた。

「……帰ってこられたならば」

前を見たまま呟いた太郎の言葉は、頭に血の上っている権蔵の耳に届かなかった。

いつもの庭先へやってきた太郎を見て、琴音が眉をひそめた。

「怪我をしたのか」

「たいしたことではございませぬ」

腫《は》れた顔で太郎が否定した。

「動きに支障はないな」

「ご懸念なく」

念を押した琴音へ、太郎がうなずいた。

「では……」

「今から参りましょう」

「よし。竹姫さまは、お局におられる。竹姫さまの局には、中臈が一人、目見え以上の女中が四人、以下が三人じゃ」

情報を琴音が与えた。

「別式女は」

「おらぬ。竹姫さまの局は火の番を出さぬ」

確認した太郎に、琴音が首を振った。火の番はその名前が表すとおり、大奥を巡回し、火災予防と治安維持をおこなう。薙刀や太刀で武装し、かなり武芸に通じていた。

「火の番の見回りは」

騒動が起これば、火の番は見て見ぬふりはできない。邪魔が入っては困ると太郎が問うた。

「安心いたせ。今より半刻（約一時間）は、そちらに行かぬように手配しておく」

琴音が応えた。

「最後までせずともよかろう」

「……精を放って欲しい」

「無理を言われるな。男が精を放つとき、まったく無防備になるのだ。そのときに襲われれば、赤子にでも負ける」

太郎が首を大きく左右に振った。

「そういうものなのか」

琴音が驚いた。

「おぬしも男を知らぬ……」

「当たり前じゃ。大奥に上がった以上、操《みさお》を捧げるのは上様だけだ」

あきれた太郎に、琴音が反発した。

「局で討たれる、あるいは捕まるわけにはいきますまい」

太郎が脅した。

「……もちろんだ」

琴音が焦った。

「だが、少なくとも竹姫さまの衣服を裂き、身体に爪痕《つめあと》を残してくれればいい。診察した医師が気づくように、はっきりとしたものをな」

琴音が妥協した。

「承知した」

膝をついていた太郎が、立ちあがった。

「行くか。ことをなしたあとは、ここまで一心に帰ってこい。伊賀者が一人待っている。名前を訊くな、声をかけるな。黙って付いていけば伊賀者が、大奥の外に連れ出してくれる」

「………」

脱出方法の説明を聞いた太郎が首肯した。

「しくじるなよ」

縁側の上から琴音が告げた。

「わかっている。天英院さまに、褒賞の件、お忘れなくと」

「無礼を申すな。お方さまのお名前を口にできる身分ではない」

約束を果たせと言った太郎に、琴音が口調をきつくした。

「……………」

「な、なんじゃ、その目は」

なんともいえない目つきで見る太郎に、琴音の腰が引けた。

「竹姫さまだけでなくともよいという気がしてきた」

「ひっ……ひいい」

目見え以上は、まだ娘というには幼い歳で大奥へ上がった者がほとんどである。男から獣欲の籠もった目を向けられたことなどない。生まれて初めて感じる身の危険に、琴音が後ずさった。

「口で伝えるか、ぼろぼろになった身体で伝えさせられるか。どちらがいい」

死ぬ覚悟をすませた太郎が、要求した。

「な、なにを言っているか、わかっている……」

気丈に琴音が言い返したのを、太郎が遮った。

「失敗したらその場で殺され、成功しても二度と大奥に近づくことはない」

「…………」

今後大奥とかかわらないのだ。怖れるものなどないという太郎に、琴音が沈黙した。

「わ、わかった。姉小路さまにお伝えする」

「そこまでか。吾と同じ走狗《そうく》のようだな、おまえも」

震えながらうなずいた琴音を、太郎が哀れんだ。

「一緒にするな」

捨て台詞のように言って、琴音が去っていった。

「見納めになるか……」

残された太郎は、空を見あげた。

「…………」

数呼吸じっとしていた太郎が、足を前に出した。

二

大奥には数百の女がいた。が、局から出ることは余りなかった。局には、台所も、厠も、風呂もあるのだ。そこだけですべてをこなせる。局から出るのは、他の局へ行くときか、表使詰め所へ用を伝えるときくらいであった。

局に唯一設けられていないのは井戸であった。井戸へ水を汲《く》みに、洗濯をするなどでお末は出歩く。

「……五菜」

太郎は何人かのお末と廊下ですれ違った。大奥の雑用係でしかないお末である。同じ雑用係である五菜が、大奥のなかにいても気にしなかった。

局で箪笥《たんす》を動かすなど力仕事があるときは、五菜が呼ばれることも多い。いわば見慣れた風景でもあった。もっとも五菜が大奥に入るときは、御広敷伊賀者の同道が条件とされていたが、お末でそれに気づいた者はいなかった。

開き直った太郎が、堂々としているというのもあった。

「……あそこだな」

太郎が大奥廊下に置かれた行燈《あんどん》へ目をやった。行燈の枠に竹が飾り彫りされていた。

大奥の局に、表札はなかった。代わりに、印を入れた行燈や襖を使っていた。印とは、中臈以上の奥女中に許された家紋のようなものである。天英院ならば、実家の近衛家の女紋の一つ朱牡丹、佐々木源氏《ささきげんじ》の末裔《まつえい》と称している月光院は蔦の蔓伸び、そして竹姫はその名前から竹を合い印としていた。

「…………」

局の前で太郎が大きく息を吸った。さすがに緊張を抑えられなかった。

「……これは」

局のなかで掃除をしていた袖が、太郎の呼吸音に気づいた。

「鹿野さま、竹姫さまを奥へ」

「わかった」

危ない目に遭った経験が、聞き直すようなまねをさせなかった。鹿野がすぐに立ちあがり、下段の間でくつろいでいる竹姫を抱えこんだ。

「任せる」

一言だけ告げて竹姫もされるがままになった。

「皆、上段の間へ」

残っている女中たちに、紬が指示を出した。

「はい」

お末たちがうなずき、急ぎ足で上段の間へと向かった。

「検分しよう」

一人、鈴音だけが残った。

「後ろへ」

短く命じて、紬が前へ出た。


帰ってきた琴音の報告を受けた姉小路がほくそ笑んだ。

「行ったか」

「はい。ただ、褒美を忘れるなと……」

太郎の目つきを思い出したのか、琴音が両手で己の肩を抱いた。

「生きていればくれてやる。褒賞とはそういうものだ。戦場でいかに敵の首を獲ろうとも、死んでしまえば功は消える。請求する者がおらぬのだからな」

姉小路が嘲笑した。

「三人ほど付いて参れ。お末は一人でよい。あとの二人はお目見えできる者でな」

「どちらへ」

出かけるという姉小路に琴音が問うた。

「竹姫の局に決まっておろう」

「……竹姫さまの局でございますか」

わからぬと琴音が首をかしげた。

「見物よ。竹姫が男に押さえこまれる様子をな。そなたたちも見たいであろう。男がどうやって女を押さえつけるのか。将来、上様の閨《ねや》に侍《はべ》るときの勉強にもなろう」

「…………」

姉小路の言いぶんに、琴音が言葉を失った。

「情けないことよな。裏を読め、裏を。妾は見物と申した。竹姫が汚されるところを見る。これがなにを意味するか、考えぬようでは後々遣えぬ」

「申しわけございませぬ」

叱られた琴音があわてて謝った。

「証人でございましょう」

琴音とは違う女中が口を出した。

「鶴《つる》か。さすがだの。そうじゃ。誰も見ていなければ、いくらでもごまかしようがあろう。しかし、目見え以上の女中が複数証言すれば……」

「隠しおおせるはずはございませぬ」

姉小路の言葉に、鶴が同意した。

「参るぞ。遅れては意味がない」

「はい」

歩き出した姉小路に、女中たちが従った。


「……よしっ」

肚を決めた太郎が、局の襖に手をかけて大きく開いた。ことをできるだけ多くの者に見せつけるためであった。

「開けたら閉めると、親から習わなかったか」

局に入った最初の部屋、多門と呼ばれるお末の寝室中央に袖が立っていた。

「……なっ」

予想外の状況に、太郎が呆然とした。

「何しに来た。五菜を頼んだ覚えはないぞ。呼んでもおらぬ局へ無断で立ち入る。大罪である。今なら見逃してくれる。ただちに立ち去れ。でなくば、そのままには捨て置かぬ」

局の対外折衝を担当している鈴音が厳しく咎めた。

「くそっ。ばれていた。竹姫は……奥か」

焦った太郎が、押し入ろうとした。

「行かすわけなかろうが」

袖がすばやく太郎の行く手を遮った。

「じゃまするな。要らぬ殺生《せっしょう》はしたくない」

太郎が袖にどけと手を振った。

「殺生するのは、吾だ」

笑いながら袖が、帯に差していた守り刀を抜いた。

「別式女がいたのか」

ただのお末だと聞かされていた太郎が、驚いた。

「さっさと帰れ、道に迷っただけだとな」

袖が守り刀を小さく振った。

「……やあ」

切っ先が揺れたのを隙と見た太郎が、袖へ体当たりをしようとした。

厩番は重い馬体を自在に扱わなければ務まらない。当然、衆に優れた膂力《りょりょく》が求められた。太郎は袖を弾《はじ》きとばそうとぶつかった。

「ふん」

鼻先で笑った袖が、跳んだ。突っこんでくる太郎の頭上で一回転して、その背後に降り立った。

「なにっ」

目標を見失った太郎が、急いで振り向いた。

「寒いではないか」

立ち位置を変えた袖が、開け放たれていた襖を閉じた。

「これで他人目は入らぬ」

袖がわざとほっとした表情を浮かべた。

「きさま……何者だ」

あまりに冷静な袖に、太郎が警戒を強くした。

「竹姫さま付きのお末だ。今はな」

「ふざけるな」

決死の覚悟を嘲弄されて太郎が怒った。

「答えて文句を言われるとはな。普通はお礼を言われるものだが。五菜には礼儀はないようだな」

袖があきれた。

「馬鹿が、立ち位置を変えたこと後悔しろ」

太郎の目的は竹姫で、袖ではなかった。太郎は背を向けて、奥へ向かおうとした。

「……開かぬ」

奥への襖が、まったく動かなかった。

「それくらい予想していないとでも」

ゆっくりと袖が太郎に近づいた。

「なにをした」

「心張り棒というのを、そなたは知らぬと見える」

袖が嘲笑《あざわら》った。

「おのれ」

太郎が襖を開けるのをあきらめて、身体で破ろうとした。

「させるはずなかろう」

すっと袖が間合いをなくし、太郎の首に守り刀を擬《ぎ》した。

「……うっ」

急所に刃物を当てられて、太郎が固まった。

「おとなしく縛《ばく》についたほうが、よいぞ。少しでも動けば、殺す。捕まって、上様に誰に命じられたかを白状すれば、憐憫《れんびん》はいただけよう」

袖が説得という名の脅迫をした。

「できぬ」

守り刀の切っ先が、ほんの少しとはいえ刺さっている。太郎は首を振ることさえできなかった。

「忠義か」

「そんなもの……」

太郎が吐き捨てた。

「褒賞か」

「ないとは言わぬ」

「……人質を取られたな」

太郎の口調で袖が読みとった。

「わかったであろう」

引けぬと太郎が告げた。

「失礼を詫びよう。おぬしの覚悟を舐めていた」

袖が詫びた。

「生きて俘虜《ふりょ》となるわけにはいかぬ」

太郎が首を固定したまま、馬のように足で蹴り上げた。

「…………」

袖が後ろへ跳んで避けた。

「襖に勝負を挑んでも無駄だぞ」

ちらと襖へ目をやった太郎に、袖が言った。

「なかに板をしこんだ。勢いを付けて突っこんだところで、破れぬぞ」

袖が述べた。

「手抜かりはなしか」

「男を用意してくるとは思わなかったがな。いずれ竹姫さまのお命を狙う者が来るだろうと、御広敷用人どのは読んでいたぞ」

「無念。しからば、きさまだけでも倒す」

太郎が唇を嚙んだ。

「手柄を立てて、なんとか家族を救いたいのだろうが、無駄だぞ。人質を取るような輩が、失敗した者に優しいはずなどないからな」

「希望くらい持たせろ」

冷たく反論した袖に、太郎が憤慨した。

「甘えるな。そなたは敵だ。敵を甘やかしてどうする」

袖が守り刀を構えた。

「女めえ。どいつもこいつも、傲慢《ごうまん》で不愉快なやつめ」

叫びながら太郎が殴りかかった。

「やかましい。女の腹から生まれ出たくせに、故郷《さと》を嫌うな」

袖が迎え撃った。

刃渡りの短い守り刀とはいえ、人を傷つける力はある。袖の振った守り刀が、殴ろうとした太郎の拳《こぶし》を裂いた。

「ぐっ」

手の先は敏感である。痛みに太郎が呻いた。

「これ以上、局を血で汚《よご》すわけにはいかぬ」

守り刀を袖が捨て、無手で太郎の腕を摑んだ。

「なんの」

手を巻きこんで投げようとした袖に、太郎が抵抗した。さすがに地力《じりき》の違いは大きく、太郎は腰を落とし、揺らぎもしなかった。

「やるな。だが、それも承知のうえよ」

褒めながら、袖は腰を落とした太郎の力を利用して身体を浮かせ、裾が乱れるのも気にせず、大きく足を振りだした。

「くらえっ」

首と頭の境目、盆《ぼん》の窪《くぼ》の直下に袖の足の甲が食いこんだ。

「がはっ」

人は脳を強く揺さぶられると立っていられなくなる。太郎が膝から崩れ落ちた。

「鈴音どの、縄を」

「……ああ」

息を詰めて見ていた鈴音が、少し遅れて反応した。

三

廊下を走るなど、上臈の恥である。どのようなときでも、優雅な動きを忘れないのが、公家の女の矜持であった。

「襖が閉まっておりまする」

少しだけ先を進んでいた鶴が、報告した。

「なに。開けておくように、伝えていなかったのか」

姉小路が機嫌の悪い声で、琴音を詰問した。

「目立つようにとは申したのでございますが」

琴音が己の責任ではないと言った。

「鶴。騒動の気配はどうじゃ」

「しばし、お待ちを」

命じられた鶴が、襖に耳を当てた。

「……静かでございまする」

「静か……」

姉小路が不審な顔をした。

「琴音、まちがいなく五菜は行ったのだな」

「はい」

「局に入るまで見届けたのか」

「いいえ」

太郎に気迫を浴びせられて、琴音は逃げ出している。竹姫の局まで同行できるはずなどなかった。

「逃げたのではなかろうな」

「それはないかと。逃げれば妻と子供がどうなるか、わかっていたはずでございまする」

必死で琴音が否定した。

「怖《お》じ気《け》づいたのかも知れぬ。男などそのていどのものだ。妻や子供よりも吾が命は惜しいとな」

冷たく姉小路が吐き捨てた。

「いかがいたしましょうや」

鶴が今後の行動を尋ねた。

「このまま帰るわけにはいかぬな。鶴、声をかけよ。妾が竹姫さまにお会いしたいとな」

「よろしゅうございますので」

天英院を主としている姉小路が竹姫に目通りを願う。これは姉小路が竹姫を立てた形になる。鶴が確認したのも当然である。

「腹立たしいが、やむをえぬ」

姉小路も頰を引きつらせた。

「はい」

そう言われてはしかたがない。鶴が一礼した。

「お局の衆、天英院さまの局に属する者でございまする。お開け願いたし」

鶴が襖の外から声をかけた。主君に敬称を付けるのは、礼に反するが、大奥では主人にあたる御台所だけに許されていた。六代将軍家宣の正室であった天英院は、夫亡き後もその慣例を続けていた。

「お待ちあれ」

なかから応答があり、襖が静かに開けられた。といっても顔が出るていどで、開け放ちはしない。

「御用は」

顔を出したのは、鈴音であった。

「竹姫さまにお話をいたしたく参上した」

姉小路が前に出た。

「これは、上臈さま。主に伺って参りまする。しばし、お待ちくださいませ」

鈴音が頭を下げた。

「うむ」

姉小路が認めた。

約束なく訪れたほうが、礼に反する。廊下で待たされることへの苦情は言えなかった。

襖をもう一度閉めた鈴音が、急いで上段の間へ向かった。

「……姉小路が。何用じゃ」

聞いた竹姫が、首をかしげた。

「お話ししたいことがあると」

鈴音が告げた。

「確認でございましょう。五菜の襲撃を知っていたかのような訪問。我らがことを隠しきれぬよう、証人になりに来た」

袖が述べた。

「嫌らしい女じゃ」

鹿野が吐き捨てた。

「どういたしましょう。前触れなしの訪問でございまする。断っても問題はございませぬ」

竹姫へ鹿野が助言した。

「いや、それはよろしくあるまい」

小さく竹姫が首を左右に振った。

「ことを知って来ているのだ。ここで妾が会わねば、どのような邪推をするかわからぬ」

「さようではございまするが……」

鹿野が次の間へと目をやった。

あっさりと袖に落とされた太郎は、声を出させぬように布を口に突っこまれたうえで猿ぐつわをされている。もちろん、四肢は身動きできぬよう、伊賀の縛り方で拘束されている。

「奥の間に隠しておけばよろしゅうございましょう」

鈴音が提案した。

奥の間は竹姫の着替えや化粧道具などを仕舞っておく部屋である。いわば、竹姫の私室になる。勝手に足を踏み入れることは、上臈といえども許されなかった。

「そうだの。頼めるか、袖」

「お任せを」

すぐに袖が立ち上がった。

「姫さま、お袖で顔をお隠しくださいませ。汚らわしき獣が通りまする」

鹿野が竹姫の視界を遮るようにしながら、告げた。

「わかった」

言われたとおりに、竹姫が両袖を交差させるようにして、顔を覆った。

「よいぞ」

「はい」

許可を受けた袖が、五菜を抱えて上段の間を通過した。

「鈴音、姉小路を通しや」

奥の間に太郎を隠した袖が、戻ってくるのを確認して鹿野が許可を出した。

「…………」

無言でうなずいた鈴音が、出入り口へと足を進めた。

「お待たせをいたしましてございまする。どうぞ」

鈴音が襖を大きく開けて、手をついた。

「ずいぶん手間がかかったの」

姉小路が嫌みを言った。

「不意のお見えでございましたので、上臈さまをお迎えする用意ができておりませず」

鈴音が皮肉で返した。

「くっ……」

まちがいではない。本来中臈以上の者のもとへ訪れるのは、あらかじめいつ行くという使者を出し、了解を得てからとなるのだ。今回は姉小路が、慣例を破っている。鈴音の皮肉に言い返すことはできなかった。

「ふん」

鼻息を荒くして、姉小路が局へと足を踏み入れた。

「お待ちを」

供の女中たちが続こうとしたのを、鈴音が制した。

「なんじゃ」

姉小路が不愉快そうな声を出した。

「お供はお一人が慣例でございましょう」

鈴音が咎めた。

来訪するときに、供をぞろぞろと連れていくのは非礼である。たとえ天英院本人であろうとも、他の局を訪れるときは一人だけを連れて入るのが慣例であった。

「お方さまの御身を守らねばならぬ」

鶴が反論した。

「黙りなされ」

鈴音が怒鳴りつけた。

「こちらからお願いしてお見えいただいたのではない。そちらから、しかも不意の来訪である。断られて当然のところを、主が好意でお迎えするのだ。危険だと思うならば、お引き取りいただいて結構」

鈴音が続けた。

「第一、危険とはなんだ」

「うろんな者が無体を仕掛けてくるやも知れぬであろう」

鶴が言い返した。

「……うろんな者……ほう、そのような者が、この大奥、しかももっとも奥深いこの局におると。だとすれば、七つ口を見張る御広敷番、大奥を警衛する御広敷伊賀者の責を問わねばならぬ。いや、出入りを管轄する表使、大奥を見回る火の番も咎めねばならぬ。早速、姉小路さまのお名前を出して、申し立てて参ろう」

「…………」

論破された鶴が黙った。

「止めよ」

姉小路が苦々しい表情をした。

「琴音、そなただけ供せい。他の者は、ここで控えておれ」

「……はい」

鶴がうなだれた。

「そなた名前は」

「お次の鈴音と申しまする」

姉小路に訊かれた鈴音が答えた。

「そなたが京の一条から遣わされた……お次だと、中臈でさえないのか。分をわきまえよ」

名前を聞いた姉小路が鈴音の出自に思い当たった。格の違いで姉小路が押さえこもうとした。

「上様より、主の身代わりを命じられておりますれば」

身代わりとは、その名のとおりの役目であった。将軍の求める女が、まだ男を受け入れるには幼すぎる、あるいは月の障り、懐妊などで閨に侍れないとき、代わって御用を受けたまわる。正室、側室などと同等には扱われないが、それでも将軍と共寝できるのだ。睦言《むつごと》をかわすこともできる。このようなまねを天英院付きの女中がいたしましたと告げ口されるかも知れなかった。

「なんだと……」

姉小路の表情が驚愕に染まった。

京の一条から来た女が、身代わりになる。これは吉宗が、近衛ではなく一条に近くなるとの意味でもあった。

「……………」

一度きつく鈴音を睨みつけた姉小路が、裾を翻した。

「そこな者。竹姫さまのもとへ案内せい」

姉小路が部屋の隅で控えていた袖へ命じた。

「わかりましてございまする」

目を合わさないよう、下を向いたまま袖が、姉小路を多門から次の間、下段の間へと先導した。

「竹姫さまにはご機嫌よろしゅう」

次の間に入った姉小路が、竹姫の正面へ座った。

「姉小路さまもご健勝そうで、なにより」

竹姫もほほえんで受けた。

「……お変わりはございませぬか」

上から下まで舐めるように姉小路が竹姫を見た。

「なにもありませぬ」

「……それは重畳」

元気だと答えた竹姫へ、姉小路がよかったと告げた。

「ところでご用件は」

竹姫が問うた。

「用件……」

姉小路が詰まった。

「用があるゆえ、お見えになったのであろう。もちろん、用なくして遊びに来られたとしても歓迎いたしまするが……」

小首をかしげて、竹姫が姉小路を見た。

「用は……先日の茶会のことでございまする」

少し考えた姉小路が口にした。

「上様より、お菓子を賜られたのは、姫さまからお願いに」

「いいえ。妾が上様にものを強請《ねだ》るなどとんでもない。妾は用人に野点《のだて》の用意をいたすように頼んだだけ」

竹姫が述べた。

「用人の判断だと」

「そのあたりはわかりかねまする。鹿野」

竹姫が鹿野へ話を振った。

「はい。なんでも市中の菓子屋へ注文を出そうにも、予約で一杯につきお受けできませんと断られたそうでございまする。といって、そのまま買えませんでしたというようでは、用人としての意味がございませぬ。幸い、用人は上様の義理の婿、そこで上様にお願いしたということだそうでございまする」

鹿野が説明した。

「竹姫さまが、直接上様へ」

「そのような僭越《せんえつ》なまねをいたすはずございませぬ」

念を押す姉小路へ、鹿野が否定した。

将軍になにかを強請《ねだ》る。それが許されるのは、御台所と格別の寵愛を受けている側室だけである。まだ五代将軍綱吉の養女でしかない竹姫は、吉宗になにかを願う資格がなかった。

「お疑いならば、上様にお訊きなされればよろしゅうございましょう。妾の話ならば疑えても、上様のお言葉ならばまちがいございませぬゆえ」

「…………」

将軍を疑うなど、破滅を呼ぶも同じである。姉小路が返答をしなかった。

「ご用はそれだけでございまするか」

竹姫が訊いた。

「いかにも」

わずかに頰をゆがめた姉小路が首肯した。

「鹿野、茶の用意を」

「はい」

命じられて鹿野が、部屋の隅に切られている炉の側に行き、茶を点《た》て始めた。

「いや、お茶は不要でございまする」

姉小路が断った。

「残念な」

竹姫がため息を吐いた。

「局に怪しい者は出入りいたしませなんだか」

不意に姉小路が問うてきた。

「……怪しい者。存じておるかや」

驚くことなく竹姫は、鹿野を見た。

「いいえ」

鹿野が首を左右に振った。

「ならばよろしゅうございまする。では、お邪魔をいたしましてございまする」

わずかに頬をゆがめた姉小路が去っていった。

「……ふう」

竹姫が疲れたと息を吐いた。

「お疲れさまでございました」

鹿野が慰めた。

「うまくいったかの」

「お見事でございました」

堂々たる対応をした竹姫を、鹿野が褒めた。

竹姫の局の襖が閉まるなり、姉小路が琴音に平手打ちを喰らわせた。

「きゃっ……なにを」

強くはたかれた琴音が、廊下に倒れた。

「竹姫にまったく異常はみられなかったわ。五菜が入った痕跡さえもな」

「そんな……」

琴音が顔色をなくした。

「捜して参れ。五菜がどこにいるか。それがわかるまで、局に入ることを許さぬ」

姉小路がきつく言い渡した。

「お慈悲を」

局に帰れない。これは食事も寝るのも局でしかできない身分低い女中にとって、死活問題であった。

「ならぬ。そなたの責務じゃ。ええい、ふがいない者どもばかりじゃ」

怒り心頭とばかりに、足音も荒く姉小路が、歩き出した。

「帰ったようだな」

様子を窺っていた袖が、小さく襖を開けて、外を確認した。

「なんとかいけたようだの」

鈴音も安堵の息を吐いた。

「しかし、あの五菜を送りこんだのは……」

鈴音の目つきが鋭いものになった。

「うむ」

袖も同意した。

「なんという下品な手を……」

憤りを鈴音が口にした。

「なんでもありだ。それが戦いというものよ」

大奥の覇権をかけての戦いである。袖が告げた。

「さて、捕まえたあやつをどうするかだの。なにもなかったと、姉小路を追い返してしまったからな。今さら、狼藉者《ろうぜきもの》、不埒者《ふらちもの》と騒ぎ立てるわけにもいかぬ」

袖が悩んだ。

「たしかにな」

女らしくない腕を組むという恰好《かっこう》で、袖が思案に入った。

「人は重いうえにかさばる。竿箪笥に入れて持ち出すか。七つ口を出せれば、あとは用人がなんとかしよう」

袖が提案した。

「無理だろう。そんな怪しげな竿箪笥、七つ口番が黙って通すはずはない。七つ口番には、天英院さまの局に属する者もおる」

鈴音が否定した。

「さすがに吾一人で、男を抱えたまま天井裏を伝って、大奥の外へ出るのは無理だぞ」

「できぬか」

密かに捨てることはできないという袖に、鈴音がため息を吐いた。

四

七つ口を出たところにある伊賀者詰め所で待機していた御広敷伊賀者の一人が立ちあがった。

「どうした、坂根《さかね》」

宿直《とのい》番に備えて控えている同僚が問うた。

「厠じゃ。どうやら昨晩の煮物が古かったらしい」

坂根と呼ばれた伊賀者が腹をさすった。

「寒くなったとはいえ、古いものを喰うな」

「古かろうとも、喰わねばなるまい。他になにもないのだぞ」

「たしかにな」

顔をゆがめて見せた坂根に、同僚が同意した。

「厠は使われているぞ」

同僚が注意した。詰め所の入り口を入ったすぐ右に厠が一つだけあった。

「そうか。だが、もう辛抱できぬ。台所脇まで行ってくる。しばらく頼む」

「わかった」

出ていく坂根に同僚が手を振った。

城中の厠は身分によって使用できるところが決まっていた。伊賀者詰め所の隣、御広敷添番《そえばん》詰め所にも厠はあるが、身分が低い伊賀者は、そこを使うことはできなかった。

御広敷で最下級の伊賀者は、七つ口からもっとも離れた台所の小者が使う厠まで行かなければならない。

「…………」

足早に歩いて台所へ向かった坂根が、他人目のなくなったところで不意に跳び上がった。素早く天井板をはずし、そのまま天井裏へと身を滑りこませた。

「気配はないな」

誰も己に注意を向けていないことを確認して、坂根が天井裏を駆けた。

「おいっ」

中庭を見下ろす母屋の天井裏へ進んだところで、坂根が足を止めて声をかけた。

「坂根か。よく来てくれた」

天井裏に潜んでいた伊賀者が、坂根を歓迎した。

「竹姫を襲った五菜は、どうなっている。あまりに遅いぞ」

坂根が問うた。坂根は藤川から五菜の後始末を命じられ、伊賀者詰め所で連絡が来るのを待っていたのであった。

「まだ来ぬ。おそらく」

伊賀者が苦い声を出した。

「しくじったか」

「としか考えられぬ」

坂根の言葉に、伊賀者が同意した。

「だが、騒ぎは起こっていない」

中庭と竹姫の局はかなり離れているが、なにかあったならば気づく。それくらいの能力がなければ、伊賀者などやっていられなかった。

「ありえん」

坂根が首を左右に振った。

「五菜とはいえ、もとは館林の藩士だろう。女などに負けようはずはない。別式女でもいたなら別だが」

「竹姫さまの局に別式女はいない。どころか、まともな数もそろっておらぬ」

伊賀者が否定した。

「一人新しいお末が入ったと聞いたが……」

「入った日は非番だった。見ておらぬが、詰め所で評判になっておらぬから、さほどではないのだろう」

大奥は将軍の手つきとなるのを目的とする女が集まってくるだけに、見目麗《みめうるわ》しい者ばかりである。美形ならば、見慣れている。なにより、どれだけの美女でも、肉付きのよい女でも、決して伊賀者を相手にはしてくれないのだ。美醜《びしゅう》で新しい女中が話題に上ることはなかった。

「ふうむ」

坂根が難しい顔をした。

「どうした」

「岩崎《いわさき》よ。おぬし、組内の雰囲気が寒々しくはないか」

「……多少はな。組頭がああなったのだ。多少の変化は当然だろう」

岩崎と呼ばれた伊賀者が応えた。

「気づかれているのではないか」

「……我らが藤川さまに付いているとか」

「ああ」

確かめた岩崎に、坂根が首肯した。

「今、ここへ来るに、厠へ行く振りをしたが、しっかり行き先を訊かれたぞ」

坂根が詰め所での遣り取りを話した。

「……それは少しあやしいの。宿直番の任は、日が暮れ前の七つ（午後四時ごろ）からだ。まだ一刻半（約三時間）以上ある。どこへ行こうと問題はない」

岩崎も眉根にしわを寄せた。

「疑われている……」

「その危惧はある。なにせ、我ら二人は、藤川さまが組頭になってからの取り立てだ」

御広敷伊賀者は定員が決まっていなかった。およそ九十名内外とされており、多少の増減は組頭の一存でもできた。

「藤川さまから、もう一人いると聞いているだろう」

「ああ」

「誰か知っているか」

「いいや、教えてもらっておらぬ。おぬしは」

「吾も知らぬ」

二人が顔を見合わせた。

「もう一人の詮索はあとでいい。問題は五菜をどうするかだ」

岩崎が話を戻した。

「捕まったとしてだ、生きていればまずいぞ」

「ああ。伊賀責めにかけられれば、侍崩れなど小半刻も保つまい」

坂根が焦った。伊賀の拷問《ごうもん》はすさまじい。指の爪をすべて剝がすなど序の口である。焼けた火箸を男のものに入れられれば、どれほどの剛《ごう》の者でも落ちる。鍛えようのないところを伊賀は責めた。

「天英院さまの策だと喋《しゃべ》られれば……」

「藤川さまがかかわっていたと知られれば……」

二人が蒼白《そうはく》になった。

「頼めるか。万一もある。ここへ逃げてこぬとは言えぬ。ゆえに吾はここから動けぬ」

岩崎が坂根を見た。

「……わかった。五菜を仕留めてくる。その代わり、このまま姿を消させてもらうぞ」

坂根が身の危険を訴えた。

「しかたなかろう。藤川さまのもとへ先に行っておいてくれ」

岩崎が了承した。

「三日後、品川《しながわ》の井筒《いづつ》屋でな。先に着いたら、女を抱いて待っていてくれ。声をかける」

「了解だ」

再会の約束をすませて、坂根が天井裏を注意して這って行った。

とりあえず、聡四郎を頼ろうと袖と鹿野、鈴音の意見はまとまった。

「わたくしが……」

「いや、御広敷座敷では話ができまい。吾には忍の技がある。伝えたい相手にしか声を届かせない方法がな」

立ちあがろうとした鈴音を袖が制した。

御広敷用人との会話はすべて御広敷座敷で、他の女中に見張られながらすることになる。監視されているとわかって、話せる内容ではなかった。

「たしかにの。袖に任せるしかないな」

鹿野が認めた。

「では、行って参る」

しっかり口調をもとに戻した袖が、局を出ていった。

「あの男はどうしましょうや」

「姫さまが脅えられる。お目に入らぬよう、奥の間で放置しておくのがよかろう」

鈴音の問いに、鹿野が答えた。己を襲おうとした男が見えるところにいては、女としてたまったものではない。

「姫さまには下段の間で御休息いただく」

「わかりましてございまする」

鹿野と鈴音の打ち合わせが終わった。


大奥警固の伊賀者は、局の上にいるわけではなく、基本として大奥の外周に沿っていた。もっとも、懐妊した正室や側室がいる場合は別である。ために、今の大奥天井裏は無人に近かった。

あっさりと竹姫の局の上へ着いた坂根は、すぐに太郎を見つけた。

「しっかり捕まっている……あの拘束の仕方は……伊賀」

坂根の目が、決して解けることのない縛りに見開かれた。

「………」

あわてて坂根が、周囲を警戒した。

「竹姫さまの局を張っていれば、いずれはと思っていたが……やはり、おまえか。藤川のお陰で冷や飯食いから抜けた、その恩か」

冷たい声が坂根にかけられた。冷や飯食いとは、長男の厄介になって生きている二男以下のことだ。石高の多い大名や旗本でさえ、冷や飯食いは厄介なのだ。薄禄の伊賀者にとって厄介者は穀潰《ごくつぶ》しと同じである。長男以下一族の冷遇に耐えながら、家の土間で寝起きする。引き立てられるか、養子にいかないかぎり、生涯家畜同様の扱いを受け続けなければならなかった。

「その声は、穴太」

坂根があたりに目をやった。

「あのまま藤川が、なにもなしに出ていくとは思っていなかった」

穴太が言った。

「おまえも伊賀者であろう。伊賀は、一枚岩でなければならぬ。御広敷用人ごときに振り回されるな」

坂根が述べた。

「御広敷用人さまは、上役だ。その上役にゆえなく喧嘩《けんか》を売ったのは、藤川だ。お陰で伊賀は存亡の危機に陥った」

憎々しげに穴太が言った。

「伊賀は潰されぬ。伊賀を潰すだけの力は……」

「いい加減にしろ。藤川の妄想につきあわされるのは、もう御免だ」

藤川と同じ論を口にする坂根を、穴太が拒否した。

「…………」

坂根が黙った。

「おとなしく従え。逆らえば討つ」

穴太が宣した。合わせるように坂根の周りにあらたな気配が三つ湧いた。

「くっ……」

四方を囲まれたと悟った坂根が呻いた。

「残りの仲間は何人だ。名前は。藤川とはどうやって連絡を取る」

近づきながら穴太が問うた。

「しゃっ」

坂根が懐へ手を入れ、手裏剣を取り出すなり投げた。

「抵抗するのだな。口さえきければいい」

穴太が冷厳に指示した。

「はっ」

「ふっ」

たちまち手裏剣がいくつも投げられた。

「なんの」

坂根が体術だけで、かわした。しかし、多勢に無勢である。四方から続けざまに投げられる手裏剣に、坂根は逃げ道を削られ、どんどん大奥のさらに奥へと追いやられていった。

「……こうなれば」

坂根が天井板を破ろうとした。

「させるか」

下に逃走口を求めようとした坂根に穴太が飛びかかった。

「こいつ」

背中を忍刀で狙われた坂根が、下への逃走をあきらめて跳ねた。

「逃がさぬ」

追うように穴太が、忍刀を振った。

「くうう」

かろうじてかわしたが、無理な体勢を続けた坂根の動きが鈍った。

「裏切り者が」

そこへ別の伊賀者が突っこんだ。

「心肺を避けよ」

とっさに穴太が叫び、伊賀者が反応した。切っ先がずれ、忍刀は坂根の腹ではなく、脇腹を裂いた。

「あつっ」

坂根が呻いた。

「押さえろ」

穴太も坂根の右手を逆に決めた。

「おう」

「承知」

残りの者で、坂根の四肢が固められた。

「組屋敷でゆっくりと話を聞かせてもらう」

「くそっ。伊賀の力を用人に明け渡す気か」

坂根が罵った。

「滅ぶよりもましだ。なにより、我らが従うのは用人ではない。上様ぞ」

「なにっ。用人が伊賀者を支配すると……」

穴太の言葉に坂根が戸惑った。

「忍を用人が遣えるはずもあるまい。あれは形よ。我らはあらためて上様直属となった」

「くそおおおお」

誇らしげな穴太に、坂根が吠えた。

「猿ぐつわを。舌を噛ますな」

穴太が坂根の下顎《したあご》を外した。

「わかった」

穴太の指示で、丸めた布を持った伊賀者が近づいた。

「かはっ……」

舌を噛めないはずの坂根が血を吐いた。

「……毒か」

魚の浮袋などに毒を入れ、奥歯に紐でくくりつけておき、噛み破るか、あるいは舌で押しつぶして服用する。

「しまった」

穴太がほぞを噛んだ。

「藤川と裏切り者を捜す手間が増えた。まったく面倒なことをしてくれる」

氷のような口調で穴太が坂根を罵った。


袖の報告を受けた聡四郎は蒼白になった。

「ただちに、上様へ」

衝撃は大きかったが、御広敷でことの内容を口にしないだけの理性は残っていた。

袖と分かれ、大奥を出た聡四郎は、急ぎ足で御休息の間へと向かった。

「……付いて参れ」

聡四郎の顔色を見た加納近江守が、なにも訊かずに先導した。

「上様、御広敷用人水城聡四郎、目通りをさせまする」

許可ではなく、報告を加納近江守がした。

「一同、遠慮いたせ」

吉宗が他人払いを命じた。

「上様、竹姫……」

「たわけ。もっとこっちへ来い」

下段の間で膝をつくなり話し始めた聡四郎を、吉宗が叱った。

「かまわぬ。上段の間に入ることを許す」

吉宗が招いた。

「行け」

「はっ」

加納近江守が促し、聡四郎も従った。

「座れ。竹が襲われたのだな」

「……えっ」

いきなり吉宗に用件を当てられた聡四郎は愕然《がくぜん》とした。

「詳細を言え」

一瞬固まった聡四郎を、吉宗が急かした。

「も、申しわけありませぬ。さきほど……」

袖から聞いた一部始終を聡四郎は語った。

「生きたまま捕まえたか。でかしたぞ」

吉宗が膝を叩いた。

「そのことでございまする。その五菜をいかがいたしましょう。いまさら、火の番に突き出すわけにもいきますまい。できないわけではございませんが、姉小路に否定したばかりでございまする。あの後に襲ってきましたと言うのも白々しいかと」

問題を聡四郎が告げた。

大奥に入りこんだ男の始末はたいへんであった。過去、中庭の植木剪定《せんてい》に入りこんだ職人が、屋根の上で寝てしまい、夜になってから発見されたことがあった。大奥に男が夜まで入りこんでいたと、大騒ぎとなり、御広敷伊賀者によって捕縛された。

植木職人は身元もはっきりしているうえ、事情もあきらかであったので罰せられることなく、数日後に解放されたが、それまでの取り調べはとてつもなく厳しいものであった。また、過失とはいえ、男子禁制の大奥に職人を置き去りにしたと、植木屋は大奥出入りを差し止められた。

大奥での信用失墜は大きく、植木屋は他の顧客もすべて失い、潰れてしまった。

他にも、大奥で姿を消した大名、旗本も数人いる。そのたびに大騒動になるが、目付や徒目付《かちめつけ》を入れるわけにもいかず、いつのまにかうやむやになっていた。

「目付を入れて、大奥を総あらためするというわけにはいかぬか」

「さすがに、それは」

吉宗の案を加納近江守が否定した。

「面倒な」

吉宗が吐き捨てた。

「ならば……源左」

天井を見あげて、吉宗が呼んだ。

「これに」

すぐに天井板が開いて、御庭之者村垣源左衛門が顔を出した。

「竹の局におる五菜を大奥から連れ出せ」

できるかと訊かず、吉宗が指示した。

「そのあとのことは任せる」

尋問もしておけと吉宗が付け加えた。

「承知いたしましてございまする」

村垣源左衛門が消えた。

「上様……」

聡四郎は違和を感じた。竹姫が襲われたという割に、吉宗は落ち着いていた。

「気づいたか。相変わらず鈍いな」

吉宗が嘆息した。

「まさか……」

「阿呆。さすがに躬の手配ではないわ」

引いた聡四郎に、吉宗があきれた。

「天英院が五菜を使って、竹に無体を仕掛けると知っていただけだ」

「知っていた……ご存じでありながら、防がれなかったのでございまするか」

聞いた聡四郎が非難を口にした。

「そうだ。単に防ぐだけでは、とかげの尻尾切りにしかならぬからな」

「では……」

吉宗がうなずいた。

「ふん。これで天英院を追いつめられる」

満足そうに吉宗が言った。

「そのために、見逃したと仰せか。竹姫さまに万一のことがあったならばどうなさるおつもりでございました」

聡四郎は激した。

「そのための御広敷伊賀者であり、そなただろう」

冷静に吉宗が応じた。

「ではございますが、竹姫さまのお心を考えますに……」

「竹は躬を信じておる」

まだたしなめようとした聡四郎は、吉宗の一言で黙った。

「躬はかならず竹を守る。竹に他の男など触れさせせぬ」

吉宗が表情を変えた。

「いい加減、馬鹿どもの手出しに腹が立ってきていた。今回のことでもそうだ。企《たくら》みを未然に防ぐのは容易《たやす》い。だが、そうすれば次をしでかす。原因を取り除かぬかぎり、終わりは来ぬ。竹の安寧《あんねい》のためにも、そろそろ決着をつけねばならぬであろうが」

怒りを浮かべて、吉宗が述べた。

「こちらに五菜という生き証人が落ちた。これで天英院も言いわけはできまい。なにより、躬がそれをさせぬ」

吉宗は怒っていた。

「……………」

初めて見る吉宗の激怒に、聡四郎は言葉もなかった。

「どこに惚れた女を犯されそうになるのを見過ごす男がおるか。そんなもの、男ではないわ。それを考えなかった阿呆に、躬を舐めたことを後悔させてくれる」

冷徹だった吉宗は消えていた。

「思い知らせてくれる、天英院め」

吉宗が虚空《こくう》を睨みつけた。

「近江守、水城」

「はっ」

「……………」

二人が両手をつき、頭を垂れた。

「大奥を攻めるぞ」

強く吉宗が宣した。

光文社文庫

文庫書下ろし／長編時代小説

操《みさお》の護《まも》り　御広敷用人《おひろしきようにん》　大奥記録《おおおくきろく》(七)

著者　上《うえ》田《だ》秀《ひで》人《と》

2015年1月20日　初版1刷発行
2023年4月5日　6刷発行

発行者　三宅貴久
印刷　萩原印刷
製本　ナショナル製本

発行所　株式会社　光文社
〒112-8011　東京都文京区音羽1-16-6
電話（03）5395-8149　編集部
8116　書籍販売部
8125　業務部

ISBN978-4-334-76863-8　Printed in Japan

組版　萩原印刷

光文社時代小説文庫　好評既刊

KOBUNSHA